새로운 언어를 위해서 쓴다

새로운 언어를 위해서 쓴다

융합과 횡단의 글쓰기

정희진 지음

정 희 진 의   글 쓰 기   5

교양인
GYOYANGIN

2장 파국의 시대, 공부란 무엇인가

3장 다른 것을 다르게 보기

4장 고정된 프레임을 넘어서

융합, 아는 것에서 탈출하기

독창적 글쓰기는 어떻게 가능한가

우리는 모두 깊이 상처 입었다. 우리는 부활이 아닌 갱생(다시 태어남)을 원한다.* – 도나 해러웨이

내 책 《괴델, 에서, 바흐》에 대한 가장 큰 오해는 수학, 미술, 음악이 서로 어떻게 연결되어 있는지를 다룬 책이라는 평가다. 이 책은 세 사람에 관한 책이 전혀 아니다!** – 더글러스 호프스태터

페미니즘이 네 주장의 설득력을 보증해주는 것이 아니라, 너의 지식이 너의 페미니즘에 설득력을 가져다주어야 해. 페미니즘이 아닌 다른 영역에서도 지적으로 신뢰받을 수 있어야 사람들이 네 페미니즘도 신뢰한단다.*** – 장춘익

목적 의식적인 융합이 필요하다

이 책은 모든 지식이 이미 융합의 산물임을 상기한다. 이 책은 또 독창적인 글쓰기를 위해 자신이 아는 바를 어떻게 연결할 것인가에 관해 이야기한다. 여기서 '어떻게'는 글쓴이의 가치관과 위치, 당파성, 이동, 다시 태어남 따위를 의미한다.

글쓰기에서 가장 중요한 가치는 무엇일까. 이 질문은 "왜 쓰는가"와 동격의 물음이다. 나의 삶과 글쓰기와 사회는 어떤 관계인가. 나의 글쓰기 태도는 어떤 가치관에서 나온 것인가. 비슷한 말 같지만 조금 익숙하지 않은 방식으로 표현하면 다음과 같다. "내가 글을 쓰는 이유는 어디에 있으며 나의 글쓰기는 어떤 사고방식 때문에 가능했는가."

나는 이른바 '맨스플레인'이 불편하다기보다 쓸모가 적다고 주장해 왔다. 가르치려는 태도도 문제지만, 더 큰 문제는 그 '맨스플레인'에 가르칠 만한 게 없다는 사실이다. 그들의 언어가

---

* 〈사이보그 선언〉(1991년)의 일부다. 원문은 다음과 같다. "We have all been injured, profoundly. We require 'regeneration', not 'rebirth' and the possibilities for our reconstitution include the utopian dream of the hope for a monstrous world without gender." 작은 따옴표는 필자.
** 《괴델, 에서, 바흐 ― 영원한 황금 노끈》, 더글러스 호프스태터 지음, 박여성·안병서 옮김, 까치, 2017.(번역서 초판은 1999년, 원저는 1979년에 발행됨).
*** 《삶을 바꾼 페미니즘 강의실 ― 장춘익 교수의 여성주의 교육실천 20년을 만나다》, 탁선미·조한진희 외 9명 지음, 장춘익교육실천연구회 엮음, 곰출판, 2022.

쓸모없다는 의미가 아니다. 백인 남성을 기준으로 한 언어를 모든 사회에 적용할 수 없다는 뜻이다. 그런데 기존의 제도 교육은 그들의—오래된—이야기를 맥락 없이 반복하고 가르친다. 공부가 사유 방식을 배우는 과정, 창조의 과정이 되지 못하는 이유다. 불행은 바로 옆에 있다. 교육이 고용과 연결되지 않으며 실업이 만성화된 플랫폼 자본주의 시대에, 동기도 흥미도 없는 공부는 학교를 붕괴시키고 폭력을 낳는다. 정권을 초월해 그들만의 세상에서 이루어지는 스펙 비리에 우리는 지쳤다.

새로운 지식, '나'와 지구를 살리는 지식을 생산하려면 지금까지와는 다른 공부가 필요하다. 융합 글쓰기는 그중 하나다. 융합 글쓰기에서 가장 중요한 것은 지식의 양이 아니라 가치관, 연결 능력이다. 평화학, 여성학, 환경학은 하나의 학문 분과가 아니라 가치관이다. '정의로운' 가치에 맞지 않는 융합이라면, 자본주의의 양극화와 지구 파괴에 쓰일 융합이라면, 모든 정보를 끌어모으는 박식(薄識)한 누더기 공부가 융합이라면, 그런 융합이 왜 필요한가. 무조건적인 융합은 바람직하지도 않고 가능하지도 않다.

내 상식으로는 2022년 대선에서 노동 문제와 기후 위기가 주요 공약으로 등장하고 주요한 논쟁이 되어야 했다. 그러나 그런 이야기는 없었다. 당시 벌어진 논란 중에 공동체에 도움이 될 만한 이야기가 있었던가. 사람들은 '비호감' 선거에 넌덜머리를 냈다. 왜 필요한 지식이 논의되고 생산되지 못하는가. '여성', 서울 지역 밖에 사는 이들, 몸이 아픈 사람, 나이 든 사람, 외로운 사람, 계급의 양극화가 교육 기회 박탈로 이어진 이들, 직장 생활이 힘든 사람들, 혐오의 대상이 되는 사람들, 분단 체제 아래 고통받는 사람들, 수면 장애에 시달리는 사람들, 가족주의에 매인 사람들…… 우리 사회 그 누구도 여기에 속하지 않는 이는 없다.

언어와 물질은 대립하지 않는다. 물질은 언어에 의해서(만) 물질, 곧 현실이 되기 때문이다. 인식 행위가 존재를 가능케 한다.* 탈식민주의나 여성주의가 '비가시화된 약자'의 현실을 그토록 문제 삼는 이유가 여기에 있다. 보이지 않는 것은 없는 것이다. 어느 사회에나 '이미 배제된(foreclosure)' 영역이 있다. 해방은 우리가 무엇을 모르는지를 질문하는 행위로부터 시작된다. 정확히 말하면, 우리는 무엇을 모르는지 모르기 때문에 모르는 것과 아는 것을 구분할 수 없다. 그리고 이것은 인간의 한계가 아니라 축복이다.

우리의 일상은 앞에 열거한 사람들이 속한 상황의 연속이다.

---

* 이 논의는 더 새로울 것이 없지만, 언어의 중요성을 강조하기 위해 우리 문학에 김춘수만 한 예가 없을 것이다. "꽃에 이름이 없다면 꽃이 아니다"라고 노래한 김춘수는 릴케의 영향을 받았다. 릴케의 문학 세계는 로댕으로부터 큰 영향을 받았는데, 조각이 물체의 형상에 관한 물질성의 예술이라는 점에서 나는 조각과 시가 연동하며, 조각은 물(物)의 언어라고 생각한다.

우리는 모욕당했을 때 자기를 보호할 언어, 더 나아가 더 나은 삶을 설계할 수 있는 자기만의 언어, 대체 불가능한 언어가 필요하다. 대안적 언어는 '내로남불' 경쟁이나 '여혐/남혐, 진보/보수'의 대립 구도와 완전히 다른 길을 연다.

대립적인(counter) 상황이 아닌데 대립으로 문제를 풀려니 해결될 리 없다. 그런 점에서 최근 한국 사회의 특징이 된 엉뚱한 대립 구도나 이분법은 큰 문제이고, 이 문제에 약자들이 대응하는 양상이 우려스럽다. 특히 약자는 이러한 이분법적 상황이 절대적으로 불리하다는 사실을 알아야 한다. 기존의 언어는 약자의 입장을 대변할 수 없기 때문이다. 여성 혐오에 저항한다고 해서 남성을 혐오한다? 우선 여성이 '구사할 수 있는 혐오 언설'과 남성의 그것은 양적으로 비교가 안 된다. 시작부터 지는 게임이다. 그것도 닮고 싶지 않은 이들과 같아지는, 추하게 지는 게임이다. 예를 들어 남녀 임금 비율이 100:66 안팎인 사회에서 남성이 역차별을 당한다는 주장이 호소력을 얻는 이 당황스러운 상황은 사회 전체가 젠더 개념을 모르기 때문에 벌어진다. 우리가 해야 할 일은 젠더를 설명하는 것이지 '남혐'을 퍼뜨리는 것이 아니다.

내가 글을 쓰는 이유는 작더라도 새로운 세계를 만들고 싶기 때문이다. 내 글을 읽는 독자가 적더라도 최선을 다해 다른 세계를 만들고 싶다. 자본에 질 수밖에 없는 상황에서 새로운 세계를 만들고 싶다는 욕망은 많은 글 쓰는 이들의 고민일 것이다. 한국의 어느 '예술 감독'은 해외 영화제에서 여러 번 큰 상을 타고 이렇게 말했다. "저는 작은 세계에서 조그맣게 사는 사람입니다." 그도, 작지만 새로운 세계를 열망하는 듯하다.

1700만 명이 본 영화 〈명량〉과 1만 명도 안 보는, 아니 소개되지도 못하는 영화는 아예 다른 장르다. 만드는 방식이 다르고 다루는 이야기가 다를 수밖에 없기 때문이다. 나는 내 글이 '보편적인 독자'를 초대하기 어렵다는 사실을 안다. 내 글은 당파적이다. 그렇다고 해서 시장에서 실패한다면, 그 또한 쓸 이유가 없다. 나는 이 문제에 융합으로 '대응'해 왔고 이 책에서 독자들과 공유를 시도해보고자 한다.

공부에는 왕도가 있다. 물론 그 왕도는 지름길이 아니다. 왕도는 공부 방식과 태도, 동기와 관련되어 있다. 글쓰기에도 왕도가 있다. 내 생각에 글쓰기는 공부보다 좀 더 복잡하다. 장르도 다양하고 쓰는 행위 자체가 공부이기 때문이다. 만일 내가 "공부란 무엇인가"라는 질문을 받는다면, 읽기나 생각하기라기보다는 '쓰기'라고 답할 것이다. 공부는 내가 모르는 것을 알아가는 과정인데, 내가 무엇을 모르는지 아는 것은 쓰는 과정을 통해서만 가능하기 때문이다.

글쓰기에 왕도가 있다면, 역시 요령이나 기술 차원에 있는 것이 아니다. 글쓰기는 결국 가치관의 문제다. 글을 쓰는 사람은 돈이든 명예든 자기실현이든 고통의 승화든 추구하는 바가 있다. 다시 말해 모든 글쓰기는 왜 쓰는가에 '따른' 어떻게 쓰는가의 문제다.

모든 언어는 이미 융합의 산물이다

글쓰기는 내가 내 몸을 타고 다른 세계로 이동하는 과정이다. 그런 글쓰기의 핵심적인 방법이 이 책에서 다루고자 하는 '융합'이다. 나는 이제까지 나름대로는 융합 글쓰기를 지향했지만, 이 책에서 그 의미를 분명히 하고 싶다.

가장 큰 이유는 '융합' 표현이 여러 분야에서 널리 쓰이는데 그 뜻이 모호한 데다 최소한의 합의도 되어 있지 않아서 융합 개념을 둘러싼 논의가 필요하다는 데 있다. 물론 이미 다양한 관련서들이 출간되어 있다. 이 책은 나의 소견일 뿐이다. 하지만 명백한 사실은 있다. 융합은 흔히 말하는 "학문 간 대화, 통합(統合), 절충, 비교, 더하기, 혼합……"이 아니다.

서두에 인용한 호프스태터는 수학, 미술, 음악 세 분야의 '최고'인 독특한 사상가들을 '소재'로 삼아 융합을 설명하는데, 융합이 '융(融)'도 아니고 '합(合)'도 아님을 분명히 밝히고 있다. 융합을 융합이 아닌 다른 단어로 설명해야 하는 이유가 이것이다. 그러므로 이 책은 '융합'이라는 표현을 그대로 쓰되, 그 사전적 의미를 바꾸려는 시도이다.

이미 우리는 융합의 세계에 살고 있다. 먼저 우리가 알고 있는 융합이라는 단어가 주는 '더하기'의 이미지를 버리자. 대신에 다른 세계로의 여행, 즉 전환(trans~) 혹은 의미의 도약(jumping together)을 추구하는 마음가짐을 가져보자. 해석은 언제나 현실보다 늦다. 그러므로 새롭지 않은 언어는 언어로서 임무를 다한 것이다. 이것은 사회적 약자에게만 해당하는 이야기가 아니다. 더 많은 자본, 더 많은 자원과 기술을 추구하는 집단에도 똑같이 해당한다.

융합은 우리가 아는 지식에 다른 방식으로 접근함으로써 공부의 즐거움과 성과를 극대화하려는 실천(practice)이자 내 생각을 분명히 알고 더 필요한 앎을 향해 나아가기 위한 경계 넘기(rooting and shifting)다.

세상을 변화시키는 방법은 앎밖에 없다. '칼이냐 펜이냐' 논쟁은 끝났다. 어떤 생각을 하는 사람들이 많은가에 따라 공동체의 운명이 달라진다. 말할 것도 없이 인간의 언어는 약자와 지구에 봉사해야 한다. 융합의 의미를 빨리 우리 것으로 만들어야 하는 이유가 이것이다. 예를 들어 나는 예전에 제주가 변방이 아니고 남쪽에서 보면 한반도의 관문이라고 주장한 적이 있다. 그러나 이 논리를 강정 마을에 군사 기지를 세우려는 미국과 한국 국방부가 '가져갔다'. 그들도 강정이 "세계의 관문"이라며 관광과 군 기지를 결합할 수 있다고 선전했다. 같은 말이지만 이해관계, 발화의 목적이 완전히 다르다.

내가 생각하는 융합의 다른 이름은 인문학 자체다. 흔히 '철학'이라고 불리는 것, 여성주의, 탈식민주의, 유목적 사유, '아는 것을 버리는 과정' 등 여러 가지로 표현할 수 있다.

융합은 이미 작동하고 있는 삶과 지식 생산의 원리인데, 에드워드 윌슨과 최재천을 통해 한국 사회에서 중요한 개념이 되었고, 대학, 기업, 시민 사회, 종교 단체 등 많은 커뮤니티에서 화두처럼 자리 잡았다. 통섭(通攝)*, 융합(融合), 다(多)학제적·간(間)학문적 자율 전공, 과학과 인문학의 만남이 필요하다는 의견에 이견은 없다.

한편 어떤 이들은 자기 전공부터 확실히 안 다음에 융합으로 나아가야 한다고 말한다. 나는 이 의견에 부분적으로만 동의한다. 이미 기존의 '전문 분야'가 융합의 산물이지만, 자신을 '무엇'과 '왜' 연결할 것인가라는 과제가 남아 있다. 사실 내가 융합에 관해 말할 때 가장 큰 골칫거리는 융합의 원어인 트랜스(trans)의 적절한 번역어가 없다는 사실이다. 여러 차례 강조했듯이 융합은 추구하고 시도하고 이해해야 할 개념이 아니라 이미 현실이다. 우리가 사용하는 말은 모두 융합의 결과이거나

---

* 이는 널리 알려진 에드워드 윌슨의 통섭(統攝)과 반대되는 개념이다. 한자어 '統(unit)'과 '通(trans~)'의 차이는 크다.

과정에 있다. 그 과정은 우리 자신의 몸에 지속적으로 산소를 공급하는 것과 비슷하다. 심장이 뛰는 한, 우리는 융합의 삶을 사는 것이다.

융합을 공부하는 것은 지식이 생산되는 과정을 연구하는 것이다. 예를 들어 독일 자연과학의 발달이 어떻게 마르크스와 엥겔스의 유물론 사상에 영향을 끼쳤는가를 연구하는 과정이 융합이다. 우리는 이 문제를 이미 알고 있다. 마르크스-엥겔스주의는 레닌이나 마오쩌둥에게 그대로 수용될 수 없었고, 여성이나 유색인종에게 이 이념은 해방적이기는커녕 오히려 억압적이었다.

일반적으로 융합은 '학문 간 대화'라는 이미지가 강하지만 이것이야말로 가장 큰 오해가 아닌가 싶다. 문제는 "학문 간 대화를 왜 하는가?"라는 질문이다. 융합의 어감이 부담스러운 건 "모든 것을 다 알고 나서 이를 합치는 것이 융합"이라는 통념 때문이다. 당연히 그렇지 않다.

글쓰기가 잘 되지 않을 때, 말문이 막힐 때, 표현할 언어를 찾지 못할 때가 있다. 이런 곤란은 '작가'의 일상이 아니라 '인간'의 조건이다. 자신이 하고 싶은 말을 모두 다 해야 할 필요도 없다.* 그러니 나의 경우 글을 '잘 쓰고 못 쓰고'는 관심사가

* 이에 대해서는 "'모두가 작가인 시대'를 사는 법─신자유주의 시대의 자아와 글쓰기", 정희진, 《릿터 Littor》, 31호(2021. 8. 9), 2021.

아니다. 내가 쓰고 싶은 이야기를 정확히 쓰는 것이 관건이다. 글이 내 몸과 멀리 떨어져 있을 때, 그래서 '잡념'이 몸을 점령하고 있을 때, 이런 순간이 가장 괴롭다.

어떻게 하면 나를 붙잡고 있는 '아는 것'에서 탈출할 수 있을까? 지금 내게 필요한 시각은 무엇일까? 어떤 기존의 언어가 새로운 관점을 방해하고 있을까? 이 과정을 내 몸은 견딜 수 있을까? 어떻게 하면 더 용기를 내서, 잠깐 각성하는, 쉬운 '부활(rebirth)'이 아니라 다시 태어나는 '갱생(regeneration)'을 할 수 있을까.

융합과 가장 가까운 말인 '트랜스'는 일제 강점기를 거쳐 '도란스'라는 후기 식민 언어를 낳았다. 110볼트(V)와 220볼트(V)는 상호 전환하지 않으면 물건이 망가지거나 작동하지 않는다. 그러므로 융합은 몸의 환골탈태 과정을 동반할 수밖에 없다. 글쓰기의 어려움을 호소할 때의 '뼈를 깎는 아픔'이 이것이다. 이런 어려움 없는 어정쩡한 변환에 그친다면 그것은 글쓰기의 두려움 때문이다. 독자와 소통하지 못하고 고립과 자기 검열과 좌절에 시달릴 때, 윤리적인 사람이라면 자기 글을 불태워야 마땅하다. 그런 상황에서 내가 쓴 글을 버리지 못하고 사회와 자신을 속이는 사람이 된다면? 내가 늘 꾸는 악몽이다.

융합의 번역과 한국 사회의 지식 권력

융합은 인문학과 자연과학의 만남이 '아니다'. 융합은 현실을 설명할 수 있는 새로운 지식 생산을 위해 필요하다. 보편적인 (uni/versal) 사고방식은 사회적 약자에게도 적용되는 보편성의 윤리로 작동할 때도 있지만, 실제로는 하나의 기준을 각기 다른 상황에 무차별하게 적용하는 보편의 폭력으로 작동하는 경우가 훨씬 많다. 노인 여성, 장애인, 남성, 어린이가 같은 달리기 출발선에 서는 것은 기회의 평등이 아니라 이미 배제가 이루어진 불평등이다. 보편의 폭력에 문제 제기하며 등장한 사유가 다양한(poly/versal) 사고, 다시 말해 차이를 인정하자는 배려와 관용의 사고다. 그러나 다양성을 '인정'하는 것만으로 해결되는 현실은 별로 없다. 문제는 기준 자체이기 때문이다.

흔히 전체주의와 개인주의, 절대주의와 상대주의, 도그마와 다양성을 대립하는 사고방식으로 생각한다. 페미니즘은 다양성을 옹호하지만, 각각의 다양성이 같은 가치를 지니는 것은 아니다. 틀린 생각을 다양성이나 취향으로 옹호한다는 점에서 다양성처럼 탈정치적이고 무의미한 말도 없다. "너도 옳고 나도 옳고, 여혐이 있으니 남혐도 있고, 구타당하는 여성이 있으니 구타당하는 남성도 있다"는 말은 논리도 현실도 아니다.

앞에서 말한 대립항들의 공통점은 '변화하지 않는 객관성이 있다'는 논리다. 융합은 객관성을 새롭게 구성하기 위한 사유다. 그래서 영어권에서는 기존의 인식을 넘어서는 것을 '트랜스버설(trans/versal)'이라고 하며, 횡단(橫斷)으로 번역한다.* 단어 그대로 가로지르는 것이다. 가로지름(crossing)은 수직적인 수용이 아니라 기존의 법칙을 파괴하고 재생산하고 다른 의미의 생명체를 만드는 일이다. 호프스태터의 표현인 '뒤엉킨 위계질서(tangled hierarchy)'나 '소용돌이(vortex)'는 융합의 이미지를 바꾸는 데 유용하다.

융합은 계급, 젠더, 인종, 성 정체성 등을 동시에 고려하는 상호 교차성(inter-sectionality)과도 다르다. 계급, 인종, 연령, 지역, 종교를 통한 여성들 간의 억압은 교차하고 겹치는 더 커다란 구조의 매트릭스(母型) 안에서 이해해야 한다. 이것이 융합의 의미다. 즉 융합은 자유주의 사상에 대한 비판이고 재구조화이자 자유주의 사상의 질적 전환이기도 하다. 그러므로 융합의 가장 정확한 번역은 '횡단의 정치'이다.

융합 혹은 통섭(統攝)은 자연과학자 최재천, 장대익 교수가 에드워드 윌슨의 《통섭 — 지식의 대통합(Consilience — the Unity

---

* 이박혜경이 이미 제인 프리드먼의 《페미니즘》(이후, 2002)을 번역하면서 이 용어를 제시하였으나 널리 알려지지 않았다. 이후 중동 지역의 평화와 인권 문제에 천착해 온 니라 유발 데이비스의 《젠더와 민족 — 정체성의 정치에서 횡단의 정치로》(그린비, 2012)를 박혜란이 옮기면서 융합으로서 트랜스버설 폴리틱스(transversal politics)를 "횡단의 정치"로 번역했다.

of Knowledge)》(2005년)을 번역해 소개함으로써 본격적으로 알려졌다. 제목부터 이상하다. 어떻게 지식을 '통합(unity)'할 수 있단 말인가? 이런 의미의 통섭은 1960~1970년대 서구의 자기반성, 리오타르의 《포스트모던의 조건》, 쿤의 '패러다임의 혁명'보다도 후퇴한 것이다.

한국어판 《통섭》을 보면 번역자들이 'consilience'의 번역어를 찾기 위해 국문학자, 한문학자들에게 조언을 구하며 고민하는데, 이 과정이 거의 사투에 가깝다. 번역자들은 훌륭한 과학자이자 인문학자다. 그러나 서구 백인 중심의 지식에 의심이 없는 한국 사회에서는, 자기 사회에서 생산된 선행 지식을 고려하거나 연구하지 않는다. 특히 여성의 것일 때는 더욱 그렇다. 물론 페미니즘도 예외가 아니다. 나는 1970년대 에이드리언 리치가 '제도로서 모성'과 '경험으로서 모성' 개념을 구분한 50년도 더 전에 나혜석이 이와 유사한 주장을 했다는 사실을 알고 공부를 '거꾸로' 하는 연습을 했다.

에드워드 윌슨이 말하는 통섭은 불가능하다. 우리가 지향하는 융합은 통섭(通攝)인데, 영어권에서 쓰는 용어로 하면 '트랜스'다. 트랜스의 가장 쉬운 예로 독도 분쟁이나 군 '위안부' 이슈를 들 수 있을 것이다. 두 가지 문제 모두 국가주의적 방식으로 접근하면 갈등은 커지고 통치권자들은 그 갈등을 이용한다. 이때는 국가주의를 넘어서는 '트랜스내셔널(transnational)'의 관점이 필요하다. 장애인의 입장에서 국가주의를 넘어선 연대, 여성의 입장에서 국가주의를 넘어선 연결을 고민할 때 새로운 실마리를 찾을 수 있다. 그런 의미에서 횡단의 정치가 가장 적절하다. 그리고 여기엔 이미 한국의 여성주의자들이 축적한 지식이 있다. 하지만 남성도 여성도, 여성이 쓴 '학문적'인 글은 잘 읽지 않는 듯하다.

나는 정치적인 사람이기 때문에 글쓰기의 목적이 분명한 편이다. 당연히 내가 쓴 글이 의미가 없다는 판단이 들면, 즉 새롭지 않다는 생각이 들면 그 글은 폐기한다. 그리고 되도록 그 판단은 빨라야 한다고 생각한다. 자신이 쓴 글을 향한 사랑을 버리지 않으면 '옛 사랑의 그림자'에서 헤어 나오지 못하는 이들처럼 자기 연민에 빠지기 쉽다. 자기 연민은 글쓰기뿐만 아니라 삶도 최악으로 이끈다.

이 서문은 원래 쓴 원고에서 반쯤 덜어낸 것이다. 융합 글쓰기의 자질이 부족해서 내 글을 제대로 조율하지 못한 탓이다. 그만큼 부족한 글이다. 독자에게, 나무에게, 교양인 편집진에 미안할 뿐이다. 읽을수록, 사명감에 사로잡힌 내가 보인다.

새로운 정권이 들어서고 인문학 책은 팔리지 않는 세상이지만, 이 책이 마음이 통하는 사람끼리 작은 커뮤니티가 만들어지는 계기가 되기를, 희미한 연결의 흔적이라도 남기기를, 개인의 독서 취향을 정치학으로 발진(發進)시키는 데 도움이 되기를……. 말도 안 되는 과욕이 이 책을 가능하게 했을지도 모르 겠다.

그래도 독자들에게 새로운 여정(journey), 변화(meta-morphosis), 프레임 조정(framing), 변환(transform), 횡단(trans-verse), 문턱 넘어서기(閾値, threshold), 경계선 안팎 넘나들기(bordering), 협상(tuning), 직면(facing), 온몸의 재구성(사지의 재조합, re-membering), 거리낌 없는 수용(embracing), 매사를 다시 생각하기(rethinking), 자신에게 다시 돌아오기(re-flection) 의 과정이 되길 바란다.

이 책의 다른 제목이 있다면 '공부란 무엇인가'이다. 아는 것 을 버리자. 자기 입장에서 출발해 경계를 넘어서자. 우리 모두 트랜스포머(trans-former)가 되자!

절망이 희망의 시작임을 믿으며
2022년 여름,
정희진

1장

생각대로
살지 않으려면

니어링은 생각하는 대로
살지 않았다

'마이너스'를 지향하기

깊은 밤 라디오 방송, 누군가의 일기, 온라인의 '자기만의 방', 멘토의 조언, 하루를 시작하는 아침의 다짐……. 이런 곳에서 자주 만나는 문구가 있다. "생각하는 대로 살지 않으면, 사는 대로 생각하게 된다." 의미 있는 삶을 추구하는 이들의 잠언으로 알려져 있다.

이 말의 출처는 프랑스의 작가 폴 부르제지만, 대개는 스콧 니어링과 헬렌 니어링 부부로 알고 있다. 모든 기득권을 내려놓고 반전·평화, 생태주의를 실천했던 니어링 부부는 지친 현대인들에게 위로를 주는 동경의 대상이다. 스콧은 백 살이 되던 해, 생명 연장을 위한 의학적 조치를 거부하고 스스로 곡기를 끊음으로써 죽음을 맞았다.

생각하는 대로 살지 않으면, 사는 대로 생각하게 된다. 그러므로 생각하기를 게을리 말고 목표를 정하고 열심히 살자? 언뜻 '개념 있게 살자'는 뜻으로 들리지만 생각이 곧 개념은 아니다. 생각보다 존재가 먼저라는 점에서, 이 문장은 논리적으로 모순이 있어 실천이 불가능하다. 가장 큰 문제는 이 문장이 매우 위험한 가치관을 담고 있다는 점이다. 니어링 부부는 생각하는 대로 살지 않았다. 이와 정반대로 살았다. '생각하는 대로 살지 않으면, 사는 대로 생각하게 된다'는 그들의 삶에서는 나올 수 없는 말이다.

소름 끼치는 자유

한국 사회에서 통용되는 단어 가운데 '자유민주주의 수호'처럼 기이한 말도 없을 것이다. 내가 아는 한 지구상에서 이 말의 의미를 아는 사람은 없다. 민주주의는 수호하는 것이 아닐뿐더러 자유의 의미는 '무엇으로부터 자유(free from~)'인가에 따라 의미가 달라진다.

경쟁 사회, 소음과 먼지, 신분 차별, 타인의 시선, 돈, 피곤한 인간관계로부터의 자유……. 이처럼 자유의 개념은 극복 대상이 무엇인가에 따라 달라진다. 자유는 그냥 주어지지 않는다. 모두 투쟁으로 쟁취해야 한다. 대개는 투쟁이 힘들어서 그냥 부자유 상태로 산다.

반면 개인적 차원의 자유가 있다. 내 뜻대로, 내 마음대로, 내가 하고 싶은 대로 사는 삶은 많은 이들이 꿈꾸는 인생이다. 나 역시 일 안 하고, 여행하고, 은둔하면서 책만 읽으며 내 맘대로 살고 싶지만 모두 돈이 있어야 가능하므로 꿈만 꾼다. 소신대로 살기 어려운 이유도 마찬가지다. 소신대로 살려면 역설적으로 소신이 없어도 되는 삶, 아쉬울 것이 없는 사람이어야 한다. 사회적으로 매장당하거나 노후에 비참해질 위험을 감수하고 중대한 상실과 결핍을 극복하면서까지 소신을 내거는 이들은 드물다. 대개 소신(발언)은 잃을 것이 많지 않은 중산층의 관념이다.

니어링 부부에게 영향을 준 랠프 에머슨은 이렇게 말했다. "소름 끼치는 자유……. 사람의 마음속으로 들어가 사람의 생각이 얼마나 자유로운지를 아는 것은 무서운 일이다." '생각의 자유'는 희망, 욕망, 망상 같은 비현실을 연속으로 쌓아 자기만의 왕국을 세우는 일이다. 정말 소름 끼치게도 에머슨이 살았던 시대와 달리 요즘 세상에는 '소름 끼치는 자유'를 실현할 수 있는 인프라마저 생겼다. 온라인이 그것이다.

바깥으로 표현되어 형상화되기 전까지는 사람의 생각에 한계는 없다. 개인의 몸 안에서 무정형으로 일어나는 한없는 작용일 뿐이다. "당신 생각은 자유" "네 맘대로 생각하세요" 같은 말이 조롱인 이유다. 생각의 자유는 표현의 자유, 사상의 자유와 다르다. 생각의 자유는 권리가 아니다.(확실히 해 둘 것이 있다. 표현의 자유는 약자의 자유일 때만 성립하며, 혐오는 사상이 아니다.)

인간은 사회를 이루고 산다. 인간사는 협력, 의존, 공조가 있기에 가능하다. 그러므로 사람들이 원하는 것처럼 '내 맘대로' 사는 삶은 고립된 삶일 뿐이다. 인생이 뜻대로 되지 않는 이유는 타인의 존재 때문이다. 타인과 '나' 사이를 조율하는 일이 곧 인생고다. 타인과 함께 살아가려면 타인을 존중하고 인내하는 성숙한 자세를 갖추어야 한다. 내가 원하는 대로, 내 생각만으로 이루어지는 일은 없다. 가능한 이들이 있다면 신, 조물주, 게임 속 가상의 왕 정도일 것이다. 많은 이들이 니어링 부부가 자유롭게 살았다고 생각하지만 그들은 신이나 조물주가 아니라 농부로 살았다.

생각대로 사는 삶은 멸망을 부른다

니어링 부부는 생각하는 대로 살지 않았다. 사는 대로 생각했다. 살아가는 것 자체가 저항이 되는 삶을 추구했다. 매일매일 사는 모습이 달랐던 이들은 확신하는 삶이 아니라 모색하는 삶을 살았다. 니어링 부부 사상의 핵심은 지속성, 일관성 없음이다. 원칙 없음이 이들의 원칙이었다. 두 사람은 지금 우리를 절망케 하는 기후 위기와 실업을 가져온 발전주의에 맞서 싸웠다.

니어링 부부가 강조한 자급자족의 삶은 생계 수단으로서 귀농이 아니라 한 지역에서 생산과 소비가 동시에 이루어지는 로컬 푸드 운동을 통해 가능하다. 지금 우리의 먹을거리는 칠레, 남아공, 러시아, 중국 혹은 생산 불명지에서 이동해 온 것이다. 냉장 기술의 발달과 글로벌 자본의 대량 구매가 없으면 불가능한 일이다. 지난 백 년 동안 이러한 삶을 지속한 결과가 기후 위기, 팬데믹이다.

사람들은 '반(反)개발주의자'인 내게 묻는다. "발전의 장단점이 있잖습니까. 백신도 나오고." 장단점을 논하는 건 의미가 없다. 어느 현상이나 양면이 있기 마련이다. 인류 스스로 미래를 자율적으로 결정할 수 있는 논쟁 능력을 갖추는 것이 중요한데, 문제는 모두가 전 지구적 매체를 통해 비슷한 생각을 한다는 사실이다.

생각하는 대로의 삶은 언뜻 가능한 것처럼 보인다. 여기서 생각은 미래와 지향으로 나뉜다. 우리는 이런 삶을 지향할 수 있다. 집 없이 살기, 전기 덜 쓰기, 육류 안(덜) 먹기, 낡은 옷 재활용, 물 부족 국가에 기부하기. 모두가 이렇게 살 수는 없지만 어쨌든 가능한 삶이다. 원래의 생활에서 덜어내는 '마이너스' 삶이기 때문이다. 니어링 부부는 친환경, 전쟁 반대, 자본주의 반대, 평화주의, 채식주의를 지향하며 함께 나눔으로써 덜어내는 방식으로 '생각대로 사는 삶'을 살았다.

그러나 생각(계획)하는 대로 사는 삶은 원래의 생활에서 더하는, 더 나은 삶이기에 불가능하다. 그런 삶의 목표는 끝이 없다. 역사는 진보하거나 퇴보하는 것이 아니라 순간이다. 생각하는 대로 사는 삶은 미래를 상정하는 욕망이다. 근본적으로 달성할 수 없기에 현재는 언제나 만족스럽지 못하다. 미래를 위한 삶? 투기든 구매든 부동산이 중요하게 여겨지는 이유가 여기에 있는 게 아닐까. 모두 부동산이 미래를 보장한다고 생각한다. 있는 사람은 있는 사람대로, 없는 사람은 없는 사람대로 부동산에 매달려 현재를 살지 못한다.

세상은 급격히 나빠졌다. 이제 우리는 니어링 부부처럼 살지 못한다. 이러한 상황이 라인하르트 코젤렉이 말한 '지나간 미래'다. 지나간 미래는, 미래를 위해 현재를 희생하는 삶이다. 그러나 실상은 현재의 축적이 미래이므로 현재는 늘 결핍 상태가 된다. 90점이면 100점을, 세계 10위면 8위를, 100만 원이면 200만 원을, 책을 두 권 읽으면 더 많이…… 후퇴하는 계획을 세우는 사람은 없다. 오늘날 생각하는 대로 사는 삶은 벤저민 프랭클린처럼 뚜렷한 계획을 세우고 자기를 발전시키며 정신 차리고 살자는 자기 계발의 의미가 강하다.

'자기'를 계발한다는 건 무슨 뜻인가? 한국 사회에서 '나' 또는 '내 인생의 본질'은 대개 직업이나 정체성으로 표현된다. 교사, 국회 의원, 자영업자, 환경미화원, 여성…… 그런데 사람의 의미는 이런 개념으로 규정되지 않는다. 인간은 현재를 어떻게 살고 있는가에 따라 수시로 변화하는 존재이다. 본질적인 상태는 없다. 하지만 사람들은 "내가 누군데!" "내가 누군지 알아!"를 외친다. 자기가 누구라는 사실을 이미 정해놓고, 그것도 불안해서 다른 사람에게 재차 확인하는 것이다. 대답은 한 가지다. "왜 그걸 저한테 물으세요?"

니체, 데리다, 버틀러를 '잇는' 현대 철학의 가장 큰 성과는 인간의 본질이란 것이 없음을 밝힌 것이다. 인간은 단지 자기 행위로서 구성 중(in process)인 존재다. 사는 대로 생각하자. 그것이 나다. 그래서 우리는 언제든 변화할 수 있다.

동문서답의 정치
우아하고 통쾌하게 말하는 법

'여성학 강사'는 비정규직 노동자인 나의 여러 직업 중 하나다. 여성주의는 내 부분적 가치관이다. 하지만 나를 '여성주의를 온몸에 뒤집어쓴 존재'로 생각하는 이들이 많다. 여성학 강사는 강의하는 내용 특성상 신체적·정치적으로 고된 직업이다.

지난 25년 동안 대학, 시민 사회, 노동조합, 여성주의 모임, 기업 등에서 여성학 강사로 일하면서 내가 겪은 사연에 해석을 더하면 책 몇 권이 나올 것이다. 대개 경험한 나조차 믿을 수 없는 희비극들이다. 심호흡으로 분노를 조절한 후 간단히 말하면 모욕과 호기심이 주를 이룬다. 화학, 법학 같은 주제를 다룰 때와 달리 말하는 사람이 여성이고 강의 내용이 페미니즘일 때 세상에 없던 일이 일어난다.

여성주의는 장애, 인종, 계급, 지역 따위의 주제와 다르다. 이런 주제들에는 조롱이나 극렬한 반대 의견이 따르지 않는다. 어쨌든 겉으로는 말을 삼가는 경향이 있다. 젠더 이슈는 그렇지 않다. 의도적으로 혹은 무지의 권력을 이용해 무례를 서슴지 않는다. 그래서 나는 언제나 '매복'을 대비해 여유와 각성을 함께 몸에 장착하고 강의에 임한다. 어떤 '질문'이 나올지 모르므로 세상 모든 문제에 대한 답변이 체화되어 있어야 한다. 대화든 강의든 상대방이 말하면 1초 안에 '우아하고 지적으로 그러나 통쾌하게' 대처해야 한다는 강박이 있다.

예전에 정치학자 김영민이 쓴 "추석이란 무엇인가"라는 칼럼이 화제가 된 적이 있다. 나도 한참 웃었지만 한편으로는 자조감이 들었다. 글에서 언급한 사례는 내가 명절뿐 아니라 일상에서 경험하는 상황이었기 때문이다. 그 글은 질문하는 사람(부모, 당숙, 친척 등)이 자신의 정체성을 타인에게 확인하는 행위의 비윤리성을 지적했다. 윤리와 권력관계는 동일한 주제다. 여성학 강사로서 내가 겪은 상황은 권력관계가 좀 더 적나라하게 드러난다. 아래 대화는 내가 타인을 만나자마자 생긴 일을 3초 안에 처리한 사례이다. 지인의 권유로 '수위'가 높은 내용, 내가 당한 처참한 사례는 삭제했다.

동문서답의 힘

성희롱 예방 교육 수강 남성 공무원: "선생님은 성(性)을 가르치니까 남편하고 잠자리가 끝내주겠네요!" 나: "아뇨, 저는 엄마랑 자는데요. 편찮으셔서요."

글쓰기 수업 수강 남학생: "선생님, 여성학이 설마 인문학은 아니겠지요?" 나: "그럼요! 여성학은 인문학이 아니니 걱정하지 마세요. 그런데 학생 경영학과 맞지요?" 학생: "앗, 어떻게 아셨어요?"

나: "성경은 일종의 담론입니다. 코란을 비롯해 수많은 외전(外傳)이 그 증거죠." 여학생: "선생님은 지금 특정 종교를 모욕하셨습니다. 사과를 요구합니다." 나: "좋은 의견이에요. 하지만 학과 선생님께 먼저 여쭤보고 오세요."

남학생: "저는 정말 왜 여학생들까지 취업 준비에 열성인지 모르겠어요. 솔직히 걔네들은 시집가면 되잖아요?" 나: "맞습니다. 그런데 지금 (질문한) 학생처럼 남자들이 취직을 못하고 있으니, 무직자와 무작정 결혼하는 건 무리가 아닐까요?"

유명 오피니언 리더: "(웃으면서) 저는 언제나 그게(성기) 딱딱해서 문제입니다. 이런 교육 안 받아도 됩니다." 나: "정말 그러시다면, 엄청 아프실 텐데……. 그곳이 굳은 것은 뇌의 작용이니 뇌를 이완하세요."(성희롱 범죄지만 이런 문제를 매번 신고하다

가는 나는 글 대신 고소장 쓰기로 인생을 보내야 할 것이다.)

채소를 파는 청년: "이모, 오늘 물건 좋아요. 얼른 오세요." 나: "제가 당신 같은 조카를 뒀으면 언니가 열 살에 애를 낳았다는 건데, 지나가는 시민을 성 역할 호칭으로 부르는 것은 인권 침해입니다."(물론 매번 이렇게 대응하지는 않는다.)

허름한 내 차림새를 본 백화점 식품 매장 직원: "어떻게 오셨어요?" 나: "전철 타고 왔는데요." 직원: "아니…… 어떻게(왜) 오셨냐니까요(나가주세요)!" 나: "(빠른 영어로) 데리(낙농 제품) 파트가? 프랑스산 에멘탈 치즈 포션으로 파나요?"(내가 규범적인 옷차림을 한 여성이었다면 이런 상황이 발생하지 않았을 것이다. 나는 몇 개의 영어 문장을 외워 두고 동문서답용으로 사용한다.)

나의 실력을 떠보려는 남학생이 개강 첫날 갑자기: "강사님, 알튀세르와 푸코의 차이를 설명해주시겠어요?" 나: "일단, 강사는 지칭이고요. 호칭을 사용하세요. '선생님'이나 '희진아'라고 하는 것이 맞습니다. 알튀세르와 푸코는 모두 언어의 물질성에 천착했지요. 누가 더 '유물론적'이었지요? 답해주시면 제가 더 상세히 설명하겠습니다."

남자 교수: "선생님, 저는 아무리 생각해도 양성평등이 무슨 말이지 모르겠습니다. '한방에' 설명 좀 해주시죠." 나: "선생님도 양성에 포함되잖아요? 그러니 제게 좀 알려주시겠어요?"

남성 시민운동가: "한국 향락 산업이 심각하죠. (격려조로) 여

성학자인 선생님께서 하실 일이 많습니다." 나: "아니, 그걸 왜 제가? 저는 그런 데 안 가는데요. 선생님이 다른 남성을 설득하셔야죠."

남자 교수: "여성학자가 왜 국방 정책에? 여군 문제나 군대 내 성폭력이 있잖아요? 그런 논문을 쓰세요." 나: "소크라테스는 동성애자였어요!"(나의 동문서답)

남성 지식인: (자신이 억압받고 있다고 호소하며) "요즘 하도 맨스플레인이라니까 무슨 말을 못하겠어요. 검열이 걸려서." 나: "예, 선생님, 공감합니다. 인간은 남녀노소 불문하고 모든 사람에게 배워야지요. 남성에게도 배워야 합니다. 근데 진짜 문제는 배움을 주는 남성이 없다는 것이에요. 아, 그리고 이건 처칠이 한 말인데요, 과묵한 사람은 그냥 무슨 말을 해야 할지 몰라서 그런 거래요."

남성 회사원: "성매매방지법은 인권 침해입니다. 성욕은 본능이에요." 나: "아, 그런가요. 그러면 남성이 성을 팔면 되겠네요. 돈도 벌고 성욕도 해결하고요!"

말의 전제를 생각한다

어머니가 딸에게 "애야, 남자는 울타리란다"라고 말하면 '요즘 딸'은 이렇게 말한다. "응, 나도 알아. 그래서 울타리를 최대한 많이 둘 생각이야." 내게 "선생님은 여성학자 같지 않습니다"라고 말하는 이들이 있다. 나는 이 말이 좋은 의미인지 그렇지 않은지 아직도 모르겠다. 아무튼 여성학에 대한 편견이 전제된 말임에 틀림없다. 나는 이렇게 대답한다. "예, 맞습니다. 원래 제 전공은 핵물리학이에요." 모녀의 대화는 재해석이요, 후자는 동문서답이다.

동문서답은 소통이 안 되는 상태를 일컫는 관용어지만 사실 인생은 동문서답으로 이루어져 있다. 따라서 동문에는 서답이 정답이다. 길을 안내하거나 모르는 것을 묻는 학생에게 답하는 일처럼 목적이 분명한 간단한 소통 외에는 거의 모든 영역에서 대화는 참여자의 생각을 바꾸거나 문제를 해결하지 못한다. 대화에 이미 정해진 각본(통념)이 있거나 '사이다 발언'으로 상대방을 이기려는 데 목적이 있을 뿐이다. 논리도 상식도 없는 스트레스 해소를 논쟁으로 생각하는 이들도 많다.

모든 말에는 전제가 있다. '8시간 노동제'는 가정에서 누군가가 가사 노동과 육아에 종사할 때만 가능한 사회 시스템이다. 한국이 '농아시아'인 건 영국의 그리니치 천문대를 기준으로 삼아 지명을 붙였던 근대의 역사적 산물이지 객관적 사실이 아니다. 이처럼 정치적 과정에 관한 이해 없는 지식은 페이크 뉴스(fake news)에 불과하다.

저절로 생긴 말은 없다. 말은 권력관계의 산물이다. 사회적 약자는 언어가 만들어지는 과정에 참여하지 못한다. 애초부터 백인 남성 외의 이들은 선제(先除, foreclosure)되었다. 지동설부터 여성주의까지 새로운 사유는 어느 시대나 파문과 혐오의 대상이었다. 그러니 나를 억압하려고 만든 말에 답하려 하면 백전백패다. 융합적 사고는 언어의 전제를 알고 자기 관점에서 기존 지식에 대응하는 사고방식이다. '답정너'는 폭력이다. 질문을 되돌려주거나 말을 궤도 밖으로 끌어내 '그들을' 낙후시키자.

이론은 장례식을 거쳐 진보한다

새로운 앎을 만드는 횡단의 사고

　한국 사회에서 '융합(통섭)'이라는 개념이 어떻게 쓰이는지 보여주는 두 가지 일화가 있다. 2019년 9월 28일 개통한 김포도시철도 지하철 작업장에서 라돈이 기준치의 12배가 검출되었다. 라돈은 흡연 다음으로 폐암을 유발하는 원인으로 꼽히는 1급 발암 물질이다. 근본적인 대책이 필요하지만, 일단 여러 명의 노동자가 교대 근무를 해서 1인당 피폭 시간을 최소화해야 한다. 노동자들은 사측인 김포시 철도과와 김포골드라인 안전경영처에 항의했다. 사측은 '통섭형' 근무 방식을 내세웠다. 한 노동자는 이렇게 말했다. "저는 기계 전공으로 골드라인에 입사했는데, 통섭형 근무라는 것 때문에 전기, 소방, 위생까지 다 하고 있습니다." 2019년 말 이 사건이 제기되었을 때, KBS 1텔레비전 9시 주말 뉴스에서 방영한 내용이다.

서울 지하철 2호선 구의역 사고처럼 2인 1조로 해야 하는 업무를 한 명이 하다가 사망 사고가 나는 것이 통섭이라면, 통섭은 끔찍한 말이다. 즉 통섭은 한 사람이 모든 지식을 알고 난 후 대안을 제시하는 일이 아니다. 오역된 한자어가 주는 어감이 이해를 방해하는 대표적인 경우라 할 수 있다.

두 번째 일화는 내 경험이다. 융합을 강의하는 어느 대학 교수가 학회에서 내게 말을 걸어왔다. "정 선생, 융합에 관심이 많으시지요? 그런데 저는 솔직히 반대입니다. 융합이 말이 됩니까. 지금은 전문가 시대예요. 내가 심장 수술을 받는다고 칩시다. 최고 전문가가 맡아야지. 융합 어쩌고 하는 사람들이 수술실에 들어와 제가 죽으면 누가 책임집니까." 나는 당황한 표정을 감추고 물었다. "선생님 전공이 융합이고 그걸 가르치시잖아요?" "유행이니까. 교육부에서도 관심이 많고……. 사실 학생들이 원하는 것은 개별 과목의 복수 전공입니다. 융합이라고 하면서 복수 전공을 권하지요. 취직 때문에."

한국 사회의 소통 불가능에 대해 더 놀랄 일이 있겠느냐마는 놀라기에 앞서 걱정이 되었다. 이 오용을 어찌할 것인가. 전자는 노동자의 인명 경시를 통한 비용 절감을 '통섭'이라고 주장하고 후자는 융합은 고사하고 전문가(specialist)와 교양인(generalist)도 구별 못한다. 이처럼 융합을 전문성의 반대말로 알고 있는 이들이 생각보다 많다.

'통섭'에서 '섭'으로

에드워드 윌슨의 《통섭 ─ 지식의 대통합》이 번역·출간된 이후, 통섭은 지식을 논할 때 가장 많이 등장하는 단어가 되었다. 윌슨의 통섭(統攝)은 실제로는 밀접하게 연관되어 있지만 별개의 분과로 확립되어 있는 분야들을 종합(synthesis)하려는 시도를 말한다. 윌슨은 각각 전문화되어 있는 자연과학, 사회과학, 인문학의 사례를 들어 이들 학문 간의 간격이 좁아질수록 지식의 다양성이 확보되고 깊이가 더해질 것이라고 주장한다. 그리하여 우리는 과학과 인문학의 관계를 알게 되고 그 관계가 인간 복지 증대에 기여할 것이라고 강조한다. 간단히 말해 《통섭》은 근대에 이르러 대학이 대중화되면서 학과가 다양해지고 지식이 세분화된 상황에 대한 본격적인 문제 제기다.

나는 이 책이 과대평가되었다고 생각한다. 《통섭》이 '여전히 자연과학 중심적 사고'에 기반을 두었다는 가장 일반적인 비판은 부차적인 문제다. 에드워드 윌슨은 훌륭한 지식인이지만 '백인 남성'은 언제나 그들의 역량 이상으로 크게 주목받는다. 통섭? 여성주의와 탈식민주의 이론은 이미 수십 년 전부터 통섭의 학문이었다. 이 사상들이 '백인 남성' 중심의 지식을 향한 질문에서 태어났기 때문이다. 권력과 지식의 문제다. 실존주의와 여성주의를 '융합한' 보부아르의 《제2의 성》, 헤겔의 변증 개념은 흑인과 백인(혹은 여성과 남성) 사이에서는 발생하지 않는다고 주장한 정신분석학자이자 혁명가였던 프란츠 파농, 물리학자이자 페미니스트 철학자 이블린 폭스 켈러, 영장류학자로서 생물학과 인문학을 결합한 도나 해러웨이 등 일일이 열거할 수 없다.

또한 본디 모든 지식은 통섭 과정 없이 설명할 수 없다. 즉 통섭은 지향이라기보다 사유의 방법이다. 인간은 자기가 사는 사회의 언어로 사고하기 때문에 언어의 그물망(인식)에서 벗어날 수 없다. 다시 말해 통섭은 지식 생산의 전제다. 우리가 해야 할 작업은 통섭을 지향하려는 노력이라기보다는 통섭의 경로를 추적하는 일이다.

하지만 《통섭》은 내가 읽은 번역서 중 번역자의 문화(적) 번역, 문제의식, 열정이 가장 잘 표현된 책이다. 융합 혹은 통섭을 논할 때 번역자인 최재천 교수와 장대익 교수 이야기를 빠뜨릴 수 없을 것이다. 번역은 다른 사회와 나의 현장(local)을 동시에 읽어내는 작업인데 이 책은 그 노고가 역력히 보인다. 번역자들은 몸부림쳤다. 그래서인지 한국 사회에서 《통섭》은 '최재천의 책'으로 더 유명해졌다. 나 역시 통섭(統攝)이 'consilience'의 가장 가까운 번역이라고 생각한다.

그래도 다른 표현을 제안해본다. 바로 '섭(攝)'이다. 섭은 '당기다' '거느리다' '다스리다' 등 통섭을 표현하기에 적절한 뜻을 담고 있다. 손(手) 하나와 귀(耳) 세 개가 결합한 '攝'의 생김새가 모든 것을 말해주는 듯하다. 이중 섭(聶)은 소곤거리는, 가까이하지 않으면 잘 들리지 않는 귓속말을 뜻한다. 그러므로 여기에 '手'를 결합해야 한다. 잘 들리지 않으므로 귀에 손을 대어 '끌어들이는' 일이 통섭인 것이다. 여기서 '잘 들리지 않는 소리'는 소수자의 목소리, 가시화되지 못한 진실, 보이지 않는 현실, 특정한 시각에서만 발명('발견'이 아니다)되는 사실 등으로 해석 가능하므로 '攝'은 멋진 글자가 아닐 수 없다.

윌슨의 입장에 근본적인 오류가 있기 때문에 'consilience'는 통섭(統攝)으로 번역될 수밖에 없었다. '섭'은 찬성이지만 '통(統, unity)'은 불가능하다. 그래서 이 책에서는 '융합'을 통섭(通攝)과 같은 의미로 사용하고자 한다. 우리 사회에서 두 단어는 혼용되고 있기 때문이다. 다시 말해 통섭(通攝)이 정확한 의미지만 이 책에서는 제3의 지식, 변형된 물질로서 융합을 사용하고자 한다. 융합이 연상시키는 용광(鎔鑛)의 이미지가 융합을 논하는 데 도움이 되리라 생각한다.

일관된 이론의 실은 없다

《통섭》의 번역자들이 말했듯 통섭은 다(多)학제, 간(間)학제에 머물지 않는다. 다학제와 간학제는 '화학적'이기보다 '물리적'인 느낌이 강하다. 최재천 교수는 《통섭》에서 다학제, 간학제를 넘어 "이제는 진정 학문의 경계를 허물고 '일관된 이론의 실'(필자가 강조)로 모두를 꿰는 범학문적(trans-disciplinary) 접근을 해야 할 때가 되었다. 이것이 바로 통섭의 시대를 맞이하는 길이다."라고 말했다.

그러나 최재천 교수가 말한 '범학문'은 융합이 아니다. 범(凡)학문이든 범(汎)학문이든 간에 융합은 모든 것을 뜻한다기보다는 영어의 트랜스라는 말뜻 그대로 변화(translation)를 의미한다. 《통섭》의 한국어판 부제인 '지식의 대통합' 또한 모든 지식을 다 공부해서 엮는다는 의미가 아니다. 가능하지도 않고 불필요한 일이다. 융합은 100V가 200V로 전환되는 트랜스포머(transformer, 변압기)처럼 질적인 변화인 횡단(橫斷, trans/versal)작업이다. 이제까지 '일관된 이론의 실'은 백인 남성 중심의 단일 보편성(uni/versal)이었다. 보편성을 비판하며 등장한 다양성(poly/versal)은 또 다른 위계를 숨기고 있다. 흑과 백은 다양한 가치가 아니다. 이 차이를 같은 가치로 포장하기 위해 사람들은 관용을 내세운다.

거듭 강조하지만 융합은 '범학문'이라는 표현처럼 모든 것을 하나로 통일하는 것이 아니다. 융합은 자연과학, 사회과학, 인문학 등 이질적인 것처럼 보이는 지식이 만나서 새로운 앎을 만들어내는 사고방식을 말한다. 그래서 나는 '횡단적 사고' '사선

(斜線)으로 보기' '가로지름(crossing)' '조우(遭遇)'가 융합으로 가는 길이라고 생각한다. 통합하고 연결한다고 지식의 양이 늘어나는 것이 아니며, 이는 융합이 지향하는 바도 아니다.

여전히 윌슨의 《통섭》에는 명문이 즐비하다. 융합의 가장 기본적인 목표는 다음이 아닐까. "과학 이론은 반례들에 직면하면 폐기되도록 특별히 설계되어 있다. 그것이 이왕 틀린 것이라면, 빨리 폐기되면 될수록 좋다. '실수는 빨리 할수록 좋다'라는 격언은 과학적 실천에서도 하나의 규칙이다. 과학자들도 자신이 만든 구조물과 사랑에 빠지고는 한다. 물론 나도 예외는 아니었다. 불행히도, 자신이 틀리지 않았다는 점을 보이기 위해 평생을 헛수고하는 과학자들도 있다. …… 이론은 거듭되는 장례식을 통해 진보한다."

'지금 여기'를 포착하는 선구안
지식은 스트라이크 존에서 시작된다

운동 경기는 인생의 축소판이다. 흔한 비유지만 관련 종사자에게는 현실이다. 나는 야구, 정확히는 야구의 운영 원리를 좋아한다. 매력은 한이 없다. 야구는 공을 사용하지만 사람이 득점하는 경기다. 한 선수가 움직이면 다른 선수의 몸도 연동한다. 아홉 명이 다른 동작으로 동시에 춤을 추는 듯하다. 그들은 한몸이어서 한 사람의 실책이나 '나이스 플레이'만으로 승부가 결정나는 경우가 많다.

야구는 투수의 경기다. 야구의 승패는 타자의 타력이 아니라 어느 팀이 먼저 상대 투수를 지치게 하는가에 달려 있다. 그러므로 기복이 심한 강타자보다는 포볼로 출루율이 높은 선수가 능력자다. 주자의 상황에 따라 다르겠지만 출루 수단이 안타인지 포볼인지는 덜 중요하다. 상대 투수의 투구 수가 관건이다. 아웃을 당하더라도 투수가 공을 많이 던지게 해야 한다. 인권 차원에서는 안타까운 일이지만 투수의 몸을 망가뜨릴수록 이길 확률이 높다는 의미에서 야구는 '수동적 공격성(passive-aggressive)'의 경기다. 당연히 타자에게 가장 중요한 자질은 선구안(選球眼)이다.

선구안은 스트라이크 존(zone)에서 작동하고 결정된다. 이 공간은 타자의 자세, 타석의 위치, 리그 등에 따라 그 크기가 0.3~0.38제곱미터로 달라진다. 그러나 오각형 홈플레이트 크기는 투수 쪽 43.2센티미터, 좌우 타석 21.6센티미터, 포수 쪽으로 30.5센티미터이므로 스트라이크 존은 이 크기를 크게 벗어나지 않는 매우 좁은 공간이다. 아동용 의자 방석만 한 크기다. 타자는 투수가 던진 공의 속도를 가늠하면서 그곳에서 승부를 벌여야 한다. 이른바 선구안이 좋아야 한다.

선구안은 지식 전반, 국가 경영, 사회의 성숙, 개인의 인생 등 모든 분야에 적용할 수 있는 좋은 비유다. 비슷한 말로는 판단력, 안목, 착목, 문제의식, 질문이 있다. 공동체의 운명은 지도자와 구성원들의 선구안에 달려 있다. 타석의 선수가 매번 공을 판단하듯 스트라이크 존은 앎과 삶의 범위를 상징한다. 인생은 거창하지 않다. 일상이다. 지식은 일상의 매 순간 필요한 수많은 양식(樣式/糧食) 중 하나일 뿐이다. '학자'도 다르지 않다.

접촉면에서 발생하는 불협화음

어느 지역의 언어나 마찬가지지만 말하고자 하는 바를 최대한 정확하게 표현하기 위해서는 '우리 말'만으로는 부족하다. 한국어의 경우 영어 단어와 한자 사용은 언제나 골칫거리다. 영어 표현은 한자로 바꿔 쓸 수밖에 없는데 바뀐 한자어 때문에 뜻에 오해가 생기는 단어도 있다. 융합(融合)도 여기에 해당한다. 융합의 가장 가까운 의미는 통섭(通攝)인데 거의 반대말에 가까운 통섭(統攝)과 발음이 겹친다. 불가피하게 '융합'으로 쓰기는 하지만 이 단어의 어감은 통섭(通攝)과 거리가 멀다.

"제너럴한 스페셜리스트를 양성한다" "융합자율전공학부 최대 지원" 며칠 전 신문에서 본 모 대학의 신입생 모집 광고 문구다. 이 말은 특정 분야의 전문가이면서도 많은 것을 알아야 한다는 뜻인데 듣기만 해도 부담스럽다. 어불성설인 데다가 가능하지도 않다. 융합은 모든 지식을 습득한 다음 '녹여서 합하는 것'이 아니다.

애초에 융합이 탄생한 데는 두 가지 배경이 있다. 학과별로 전문화가 심화되면서 전인 교육의 필요성이 대두된 한편, 서구 남성 중심 지식으로는 해석하거나 해결할 수 없는 사회적 약자의 목소리를 가시화할 새로운 사유 방법론이 필요했던 것이다. 즉 서로 다른 생각끼리 닿으면서 그 접촉면에서 발생하는 불협

화음과 충돌이 융합의 주요 요소다.

그러나 학문 간 대화부터 쉽지 않다. 도정일과 최재천의 《대담 ─ 인문학과 자연과학이 만나다》는 의도한 바와 다르게 오히려 만남이 얼마나 어려운가를 증명하는 책이 되고 말았다. 논의의 범주가 넓었기 때문이라고 생각한다. 임지현과 사카이 나오키의 《오만과 편견》에는 임지현의 통찰 덕분에 대화의 '실패' 이유가 '책에 나온다'. 두 사람 모두 전통적인 인문학 전공자지만, 융합에서 인문학자냐 과학자냐는 별로 중요한 요소가 아니다. 임지현은 자신의 공부가 부족하다고 겸손해하지만, 내가 보기에 두 사람은 지식의 보편성에 관해 각기 의견이 달랐다. 이 책에서 통역과 번역을 맡은 후지이 다케시의 일본어, 한국어, 영어에 대한 태도도 영향을 끼쳤을 것이다.

대화할 때는 '동의하지는 않지만 이해하려고 노력하고 있습니다' 정도의 자세가 최선이다. 타인을 이해하는 일도 쉽지 않다. '머리'가 아니라 상대방을 존중하는 열린 마음, 지적 호기심, 인격을 갖추어야 가능하다.

융합은 타 학문과 대화하면서 지식을 확장하거나 공통점을 찾는 작업이 아니다. 융합은 지식의 필요성과 쓸모와 가치에 관해 질문하고 논쟁하는 일이다. 봉건 시대를 지나 신, 신분 질서, 자연을 '물리치고' 인간이 앎의 주체가 되면서 지식(인)은 다다익선으로 간주되었다. 지식 자체가 숭배되기 시작했다. '서양

철학사'를 필두로 하여 근대 학문을 '섭렵한' 이들이 계몽(啓蒙, en-light-enment)이란 말처럼 사람들에게 '빛'을 제공했다. 한국 현대사에서는 양주동이나 이어령 같은 이가 대표적이다.

그러나 문명으로 인한 환경 파괴와 전쟁은 지식을 양의 문제에서 가치관의 문제로 이동시켰다. '지식은 무조건 선인가?'라는 성찰과 의문이 제기되었다. 토머스 해리스의 책《양들의 침묵》은 지식의 윤리를 살펴보기에 적절한 텍스트이다. 연쇄 살인마 렉터 박사는 프로이트의 심리 치료(talking cure) 방식으로 옆방 수감자를 자살케 할 정도의 '천재'다. 지식인 범죄자는 '매력적이다'. 이런 범죄에서 피해자는 소모품으로 다루어지고 범죄는 선악의 문제가 아니라 머리 좋은 이들의 게임이 된다.

현실은 당면한 볼 카운트

융합의 반대말 중 하나는 거대 담론(grand theory)이다. 거대 담론적 자아는 모든 것을 설명할 수 있다고 주장한다. 그러나 스트라이크 존에 들어선 타자가 알아야 할 것은 세계 프로 야구사가 아니라 상대 투수의 투구 유형, 표정, 투수가 직전에 던진 공이다. 인생은 이런 작은 단위, 상황, 맥락의 연속이다. '신은 디테일에 있다' '오늘을 산다'는 말도 비슷한 의미다.

창의적 사고를 하려면 앎의 규모에 대한 인식부터 바꿔야 한다. 플라톤과 공자부터 공부할 필요가 없다. '지금 여기'에서 내게 필요한 공부를 하다 보면 '고전'과 만나기도 하고 충돌하기도 한다. 그러려면 우선 현재 자신의 사회적 위치를 알고 자신에게 필요한 공부가 무엇인지 깨달아야 한다. '지금 여기'에서 내게 필요한 공부를 하다 보면 다음에는 어떤 공부가 필요할지 깨닫게 된다.

흔히 '이론과 실천의 분리'라는 말을 사용한다. 이 말은 지식의 쓸모에 관한 질문에서 비롯되었다. 알던 지식이 쓸모가 없을 때 보통 이런 말이 나온다. 하지만 본디 이론과 실천은 분리되지 않으며 현실에 맞는 이론이란 없다. 쓸 수 있는 이론은 만들면 된다. 인간은 생각하는 동물이라고 하지만 사유는 고통스럽고 외로운 노동이다. 그래서 대개는 자신이 아는 범위 안에서 현실을 가위로 잘라 재단(裁斷)이 없는 상태로 만든다. 권력화된 무지는 사회적 약자의 고통이 드러나지 못하게 한다.

지식은 내가 처한 현실에서—미시에서 거시로, 아래에서 위로—만들어지는 새로운 몸이다. 융합은 새로운 몸으로 태어나는 변태(變態, metamorphosis)의 과정이다. 애벌레가 나비가 되는 연속선에서 몸(생각)이 변하고 다른 지식이 생산된다. 변태는 알아 가는 몸, 그 변화를 총체적으로 표현한 말이다.

마르크스주의를 공부한다고 해서 비정규직 문제와 고실업을 해결할 수 있는 게 아니고 페미니즘을 공부한다고 해서 난민을 반대하고 박근혜 씨를 지지하는 페미니스트를 설득할 수 있는 게 아니다. 우리의 현실은 당면한 볼 카운트에 있다. 지식은 '야구장'이 아니라 '스트라이크 존'에서 요구된다. 앎은 스트라이크 존이라는 타자의 포지션에서 시작된다.

"너의 위치를 알라"

앎의 출발, 위치성

베넷 밀러 감독의 미국 영화 〈머니볼〉은 최고의 스포츠 영화, 최고의 야구 영화면서 내게는 '인생 영화'다. 실화를 바탕으로 하여 2011년에 제작되었다. 동료가 1루수에게 묻는다. "너는 언제 제일 무서워?" "공이 내게로 올 때." 동료는 농담 말라며 다시 묻는다. "진짜야……." 그의 자신 없는 표정을 잊을 수 없다. 야구에서 1루수는 오가는 공을 가장 많이 상대하는 포지션이다. 야구 인생의 끝자락에서 가난한 구단에 겨우 입단한 그에게 '1루수'는 경기장에서 주어진 포지션을 넘어 생계 수단이자 운명이다. 하지만 그가 언제 어디서나 1루수인 것은 아니다. 인생에서 그의 포지션은 다양할 수 있다. 내가 많이 권하는 책, 《가만한 당신》의 저자 최윤필은 자신을 이렇게 소개한다. "요컨대 나는 국적·지역·성·젠더·학력 차별의 양지에서 살았다.

······ 그러나 나는 노력 중이다." 〈머니볼〉의 1루수는 자신의 포지션을 확실히 알고 있어서 불안하다. 최윤필은 한국 사회에서 주류로 간주되기 쉬운 본인의 위치를 알고(positioning) 자기 글의 부분성을 분명히 밝힌다. 두 경우 모두 포지션이 무엇인가를 잘 보여주는 예다.

조감도라는 착각과 욕망

야구 경기의 원리를 알아야 1루수의 중요성을 알 수 있듯 사회 구조를 알아야 자신의 위치(social position)를 알 수 있다. 위치는 '지도'(사회)를 전제한다. 자신의 위치를 알려면 내가 살고 있는 곳이 어떤 사회인지 알아야 한다. 앎은 구조 속에서 자기 자리를 인지하고 타인과 관계를 설정하면서부터 시작된다.

반면 '나는 누구인가?'는 자문해도 자신이 누구인지 답을 구할 수 없는 질문이다. 면벽(面壁)만으로는 자신을 알 수 없다. '나는 누구인가?'라는 질문은 '나는 어디에 있는가?'를 파악한 다음에 가능하다. 사실 대부분의 인간은 타인에게도, 자신에게도 관심이 없다. 자신에 대해 생각하게 되는 계기는 뭔가 문제가 발생했을 때다.

모든 지식은 특정 상황과 맥락에서만 의미가 있다. 융합에서 위치 개념이 중요한 이유는 지식의 본질적 성격인 부분성이 객관적이고 과학적이고 중립적인 것으로 포장되기 때문이다. 지식은 인식자의 위치에 따라 다르게 구성된다. 이것이 이른바 '모순'이다. 누구에게나 적용되는 보편적인 지식은 없다. 융합은 우리가 그때그때 '선택한' 위치에서 기존의 지식을 재조직화하는 공부법이다. 창의적일 수밖에 없다.

말하고 쓰는 사람의 위치에 따라 말의 의미가 달라지고 이것이 곧 권력과 지식의 문제로 이어지는 일상적 사례 중에, 조감도만 한 것이 없을 것이다. 건물 안에서는 건물 밖을 볼 수 없다. 또한 새의 위치, 즉 건물 위에서는 누구도 건물을 제대로 볼수 없다. 그러나 '다 볼 수 있다'는 착각과 '위에서 내려다보고 싶다'는 욕망은 끝이 없다. 백인 남성은 자신이 새, 조물주, 신의 대리자라고 착각하고 비서구의 식민지 남성 지식인은 조감하지 못해 안달이다.

인간은 새가 아니다. 드론으로 건물은 볼 수 있겠지만 인간과 사회 현상은 볼 수 없다. 드론으로 건물을 관찰하더라도 어느 지점에서 보는가에 따라 건물의 모습은 각기 다르며, 볼 수 있는 것은 전체의 일부분에 불과하다. 이처럼 자기 인식이 부분적(partial)이라는 진리, 즉 각자의 당파성(partiality)을 인정해야한다.

부분적 지식은 부족한 지식이 아니라 성찰적 지식이다. 지식의 구성은 경합의 과정이며 구성된 지식은 정치적 투쟁의 산물이다. 자기 위치를 인식한 사람만이 당파성과 보편성이 반대말이라는 사실을 안다. 자기 포지션과 상대방의 포지션을 모두 파악하는 길이 논쟁에서 '이기는' 첩경이다.

이상의 시 〈오감도(烏瞰圖)〉가 걸작인 이유는 화자의 위치 때문이다. 이상은 이 시에서 까마귀(일제)가 아니라, 새의 시선에서 자유롭지 않은 '아해들'과 자신을 동일시했다. 일제 강점기 조선 남성의 목소리가 초월성, 보편성, 객관성을 지니는 것은 '친일'이 아니라면 불가능한 일이다. 이 시는 1934년 당시 〈조선중앙일보〉에 30편 연재하도록 예정되었다가 '무슨 말인지 알 수 없다'는 독자들의 항의로 15편에서 중단되었다. 이상의 시를 계속 게재하기 위해 이태준이 결사적으로 노력했다는 일화는 유명하다. 역사는 독자의 수준에 달려 있다. 지금도 마찬가지다.

당신이 할 말은 아니지

인간관계에서 의사소통 문제로 힘들 때가 있다. 평소 상대방의 단점에 관해 내가 하고 싶은 말을 상대가 나에게 하는 경우다. 내가 참고 참았던 말을 상대방이 할 때, 더구나 상대가 나보다 '갑'이거나 '정신 승리'에 능한 성격일 때는 억울하다 못해 절망적이다.

인생고의 본질은 말이 안 통하는 세상이다. 가해자가 피해자

에게 '이제 그만 용서할 때'라고 설교하는 사례가 얼마나 많은
가. 누워 있는 이에게 '(너무 많이 걷지 말고) 잠시 멈추면 보이는
것'이 있다고 말하는 사람, 돈이 없고 기회가 없어 고통받는 상
황을 두고 청춘의 특권이라고 말하는 사람……. 이럴 때 우리
는 외쳐야 한다. "당신이 할 말은 아니지."

"나의 위치에서 생각한다." 이 말은 '네 주제(능력, 형편, 조
건……)를 파악하라'거나 '너 자신을 알라'는 의미가 아니다. 인
간은 사회적 관계 속에서만 정의될 수 있는 존재다. 그러므로
나의 위치에서 생각한다는 건 성별, 계급, 인종, 지역 등이 교차
하며 발생하는 사회적 모순 속에서 내가 '어디에' 있는가를 아
는 것이다. 만물은 결국 '나'라는 렌즈를 통해 인식되기 때문에
자신의 위치를 모르는 앎은 무의미하거나 대개는 사회악이다.
자신이 한 말의 의미를 모르는 인간이 여론을 주도하거나 지도
자가 될 때 공동체는 위험해진다.

기득권자든 사회적 약자든 자기 위치를 아는 과정은 쉽지 않
다. 세상이 전과 다르게 보여 혼란스럽고, 그동안 보이지 않던
세상이 드러나 놀라우면서 두렵기도 하다. 자기 위치를 알아
간다는 건 사회가 만들어놓은 미로를 헤매는 일이다. 예를 들
어 오랫동안 자신을 남성과 동일시해 온 여성이 자신이 '인간'
이 아니라 '여성'으로 '취급'되어 왔음을 자각하는 순간, 정체성
의 정치라는 복잡하고 고단한 일상이 시작된다. 자기 위치에서

주류와 끊임없이 협상해야 하기 때문이다. 물론 이는 성별에 그치지 않는다. '유색인종', 장애인, 성소수자의 자각 역시 각자의 경로를 거친다.

여성이라고 모두 같은가? 그렇지 않다. 여성은 다시 나이, 계급, 인종 등 수많은 기준에 따라 다른 입장에 서게 된다. 내가 미국 여성과 이야기할 때는 '한국인'으로서 말하지만 한국의 이주 여성 노동자와 연대할 때는 '여성'의 위치에서 행동한다. 이처럼 위치성은 각자에게 '놓인' 현실이면서 동시에 의식적인 노력을 통해 이동하는 정치적 과정의 산물이다. 사회, 인간관계, 자기 자신에 대한 깊은 숙고가 없으면 어려운 일이다.

페미니스트들은 남성 페미니스트를 불편해하는 경향이 있다. 남성 페미니스트, 쉽지 않은 포지션이다. 이들은 남성 사회에서도 여성 사회에서도 배척당하기 쉽다. 그래서 R. W. 코넬 같은 남성성 연구자는 여러 차례 성전환 수술을 받기도 했다. 다른 성별의 몸을 경험하기 위해서였다. 그만큼 성별은 역지사지가 어렵다. 자신의 자리(地)가 포지션이라면 이를 인식하거나 이동하는 과정이 역지(易地), 포지셔닝이다. 역지사지는 공감을 넘어서는 권력과 자원의 문제다. 기득권자는 자신이 손해 보는 역지사지가 싫고, 피억압자는 자신이 어디에 있는지를 지속적으로 인식해야 하는 상태 자체가 고달프다.

"이 문제에 대한 당신의 포지션은 어디인가요?" 내가 사람들과 이야기할 때 가장 많이 하는 질문이다. 동성애자의 커밍아웃은 실상 자기 커뮤니티로의 커밍 인(coming in)이다. 팬데믹에서 사회적 거리두기는 필수다. 그러나 집(home)은 안전한가? 집(부동산)이 있는가? 탈코르셋 운동(외모주의 반대 운동)은 백번 옳지만 중년 여성, 장애 여성, 트랜스젠더 여성에게도 같은 의미일까? 지독한 위치성을 인식하는 일, 이것이 앎의 본질이다.

지식은 '발명'된다
종이 신문과 검색창의 차이

글은 필자와 편집자의 협업이다. 글쓴이는 자기 글을 객관화할 수 없기 때문에 타인의 도움이 절대적으로 필요하다. 나는 편집자에게 매우 의존적인 필자다. 나의 단독 저서는 모두 출판사와 공저이다. 글을 보낼 때는 언제나 이렇게 쓴다. "얼마든지 고치셔도 좋습니다. 최대한 '빨간 펜' 지도를 부탁드립니다."

다만 편집자들도 완벽하지 않으므로 의견 차이가 있는 경우에는 내 입장을 설명하고 합의를 본다. 그 과정에서 나도 편집자도 배운다. 대개 젠더와 포스트식민주의와 관련된 용어에서 의견 차이가 많다. 대표적인 단어가 '(지식의) 발명'이다. 나는 '발명'이라고 썼는데 편집자들은 대개 '발견'으로 고친다.

자연과학을 비롯해 모든 지식은 발명된다. 발명은 특정한 시각에서만 고안되기 때문에 그 시각을 지니기 이전에는 우리의 인식에 존재하지 않는다. 우리는 사회적으로 가시화된 것 이상을 알 수 없다. 자신이 경험하지 않은 삶, 즉 존재하지만 드러나지 않는 현상은 상상할 수 없다. 자신이 무엇을 모르는지도 아는 한도 내에서만, 알 수 있다.

지리상의 발견이 아니라 지리상의 발명이 맞다. 서구가 동양을 찾아 나서겠다는 의지와 생각이 없었다면 콜럼버스가 '신대륙'에 당도하는 일도 없었다. 콜럼버스가 만난 사람들은 서구가 발견한 것이 아니라 서구의 욕망 속에서 만들어진 것이다. 오리엔탈리즘의 시작이다. 오리엔탈리즘은 서구의 입장과 생각의 한계 안에서 가상의 동양을 생각하는 방식이다. 당연히 현실의 동양이 아니다. 더군다나 서구('The Western')에 대항하는 동양이라는 동질적 현실도 존재하지 않는다.

생각해보자. 내가 지구상 어딘가에서 오랫동안 살고 있다. 그런데 갑자기 누가 찾아와서 "나는 당신을 드디어 발견했어요! 이렇게 누추하게 살고 있었군요. 당신이 가진 것을 제게 모두 주시면, 제가 잘살게 해드릴게요."라고 한다면 그를 정상이라고 할 수 있을까. 1492년 콜럼버스가 '신대륙'에서 한 말은 지금도 유효하다. 지금 부동산 개발도 같은 논리가 아닌가.

검색창에는 아는 것만 입력한다

우리는 종이 신문의 핵심 요소가 신속성, 정확성, 중립성이라고 배웠다. 물론 어느 매체도 위 세 가지를 모두 충족할 수 없다. 다루는 내용에 따라 속도가 다르므로 인터넷 신문이 빠르다는 생각도 편견이다. 같은 사건을 다루더라도 신문과 인터넷에 올라오는 기사는 내용과 발행 시간이 각각 다르다. 온라인 신문과 종이 신문이 같이 운영되면서 종이 신문은 대표적인 사양 산업으로 간주되고 있다. 종이 신문을 둘러싼 자조나 조롱도 흔하다. "저는 신문이 아니라 신문지(紙)를 만들어요"라는 기자도 있고, "구한말? 아직도 신문을 보냐?" "보는 사람이 있긴 있군요!"라는 사람도 있다.

종이 신문이 없어질 것이라고 생각하는 사람이 대다수이다. 천만의 말씀이다. '없어져서는 안 된다'고 말하고 싶은 게 아니다. 종이 신문은 발행 부수는 적어지겠지만 없어지지 않을 것이다. 엘리트 자본가는 절대 종이 신문을 없애지 않는다. 자기 자녀를 위해서라도 발행할 것이다. 종이 신문은 '아는 방법', 즉 지식에 접근하는 방법과 관련된 중요하고 일상적인 매체다. '아는 방법'과 '모르는 방법' 사이를 가른다. 빈부 격차'보다' 무서운 현상이 지적 양극화인데 이미 급속도로 실현되고 있다.

"어떤 사람이 지식인일까요?" 간혹 받는 질문이다. 나도 '지식인'이 뭐 하는 사람인지 모르지만 이렇게 말한다. "자신이 무엇을 모르는지 아는 사람이 아닐까요?" 하지만 이 말도 이상하다. 자신이 모르는 것을 어떻게 알 수 있겠는가. 모른다는 사실 자체를 모르는데. 거듭 반복하면, 우리는 아는 것 내에서만 모르는 것과 아는 것을 구분할 수 있다.

검색은 정보를 얻는 가장 보편적인 방식으로 등극했다. 그러나 검색은 정보를 얻는 방법이 아니다. 이미 내 머릿속에 입력된(발견된) 정보를 더 구체화하는 과정이다. 알다시피 정보가 정확하다는 보장도 없다. 최근 나는 'braid'라는 단어가 왜 '노끈'으로 번역되었는지 검색한 적이 있다. 이미 머릿속에 '입력' 되어 있는 단어를 검색창에 '재입력'한 것이다.

이처럼 검색은 입력창(入力窓)에 아는 것을 넣는 행위다. 모르는 것은 입력할 수 없다. 다른 경험이 없다면 모르는 것은 영원히 모르게 된다.

아는 것'만' 보인다

종이 신문의 존재는 개가식 · 폐가식 도서관, 온 · 오프라인 서점을 둘러싼 논쟁과 연결된 중대한 문제다. 폐가식 도서관은 자신이 원하는 책, 즉 필요한 책을 신청해서 읽는 방식으로 운영된다. 반면 개가식 도서관에서는 자신이 돌아다니면서 몰랐던 책을 발견할 수 있는데 이 과정은 발명에 가깝다. 나는 '성향이 다른' 두 종류의 종이 신문을 구독하고 있다. 뉴스를 습득하고 공부하기 위해 전체 면을 정독한 다음 중요하다고 생각하는 주제에 대해 생각한다.

같은 신문을 보더라도, 인터넷이냐 종이 신문이냐에 따라 읽는 내용이 달라진다. 온라인으로 보면 신문사나 포털 사이트에서 대문에 올린 기사나 자신이 검색한 기사만 읽게 된다. 당연히 광고와 관련이 있다. 요즘은 빅데이터 시대라고 해서 사람들이 많이 보는 기사만 사이트에 올라온다. PDF 형태로 전체 지면을 올리는 신문사도 있지만 그렇게 읽는 독자는 많지 않다. 이렇게 우리는 남들이 선택한 정보만 접하게 된다. 그래서 매체에 따라 사람들의 생각이 비슷해지거나 극단적으로 달라진다. 페이크 뉴스는 사람들을 쉽게 결집하고 분산시킨다. 공동체가 붕괴하는 지름길이다.

인터넷과 관련하여 가장 납득하기 어려운 표현이 '정보의 바다'가 아닐까. 바다가 아니라 오히려 그 반대가 아닌가? 인터넷은 단어 뜻 그대로 특정 정보만 담는 그물망들의 간격(inter-net)이다. 우리가 찾는 정보는 이미 누군가 쳐놓은 그물 안에만 존재한다. 정치권과 포털 사이트는 이미 협력 관계를 맺고 있고 자본의 정보 통제는 일상적인 현실이다. 인터넷은 항구에 정박된 여러 선박일 뿐이다. 그런 배로 잡을 수 있는 고기는 별로 없다.

아는 방법과 모르는 방법

아는 만큼 보이는 것이 아니다. 아는 만큼'만' 보인다. 따라서 우리는 '아는 방법'과 '모르는 방법' 자체에 관해 고민해야 한다. 모르던 책을 서가에서 '꺼내 읽는 것'이 아는 방법이라면 모니터에 '아는 책을 입력하는 것'은 모르는 방법이다. 후자는 이미 공부(?)가 된 것을 다시 확인하는 일이다. 종이 신문을 열람(閱覽)하는 것과 이미 누군가의 선별을 수차례 거친 온라인 기사를 읽는 것은 같은 행위가 아니다. 모니터는 내가 읽은 내용이 어떤 맥락에서 발생한 일인지 알려주지 않는다. 그래서 인터넷 정보를 맹신하면서 자기 생각은 없고 고집만 센 사람들이 늘고 있다.

수험서와 베스트셀러 외에 다양한 책이 구비된 동네 서점, 세간에 알려지지 않은 좋은 책만 모아놓은 서점, 장서가 많은 도서관을 바란다. 아직은 비현실적인 희망이라면 일단 종이 신문부터 시작하자. 신문이라도 온라인에서 읽지 말고 종이 신문으로 읽어야 한다. 종이 신문이 나무를 파괴한다고? 컴퓨터를 만드는 데 소용되는 부패하지 않는 부품과 소모품, 고장 난 컴퓨터가 지구 환경을 오염시키는 것을 생각하면 나무 걱정은 안 해도 된다.

융합은 고정 관념과 충돌하고자 하는 의지다. 종이 신문에 대한 선입견부터 버리자. 안목을 넘어 선구안(選球眼)을 기르려면 우리 몸을 덮고 있는 그물에서 탈출해야 한다. 종이 신문의 운명은 매체 환경의 변화가 아니라 자체 콘텐츠에 달려 있다.

혼자란 무엇인가

외롭지 않은 사람은 없다

내가 자주 이용하는 서울의 어느 지하철역에는 눈에 띄는 광고 두 개가 나란히 붙어 있다. 하나는 결혼 정보 회사의 광고 문구 "결혼이란 하루 종일 집에 있어도 외롭지 않은 것"이고, 다른 하나는 서울시가 코로나 관련하여 연말연시 5대 행동수칙과 함께 내놓은 포스터, "지금 혼자가 되지 않으면 영영 혼자가 될 수 있습니다"이다.

'혼자임'이 좌충우돌하고 있다. 사람들은 모여 산다. 모여 살지 않는다면 호모 사피엔스가 아니다. '자연인'의 삶도 사회적이다. 팬데믹 시대에 이르러 거리두기는 혼자인 상태의 개념을 변화시키고 있다. 학교, 군대, 감옥, 병원, 직장에서 언제까지, 어디까지 거리두기를 할 것인가. 코스타리카처럼 군대를 '해방'시킨다 해도 학교와 병원에서 대면은 필수다. 육아는 말할 것도 없다.

자본주의의 가속으로 고실업 상태가 지속되면서 근대 초기 제도들의 개념과 기능이 변화하고 있다. 인류는 다른 방식을 모색하지 않을 수 없다. 팬데믹을 촉발한 건 인간이 아니라 인류가 새로운 생활 방식으로 전환하기를 바라는 지구다. 이런 와중에 저토록 시대착오적인 결혼 개념이라니. 결혼했다고 하루 종일 집에 있는 사람은 없다. 타인과 함께든 혼자든 외롭지 않은 사람도 없다. 더구나 외로움을 피하자고 결혼을 한다? 동성이든 이성이든 결혼 제도를 견디는 데 필요한 첫 번째 자질은 혼자 있어도 외롭지 않은 사람이 되는 것이다.

"지금 혼자가 되지 않으면 영영 혼자가 될 수 있습니다." 이 문구는 "어느 마스크를 쓰시겠습니까? 남이 씌워줄 땐 늦습니다."와 함께 코로나19를 향한 공포를 조장한다는 비판을 받았지만 결혼 정보 회사의 광고 문구보다는 훨씬 현실적이다. 하지만 이 역시 문제는 '혼자임'의 조건이다. 적절한 공간에서 혼자 있을 수 있는 사람이 얼마나 되겠는가. 좁은 고시원에서 사는 1인 가구나 13평 공간에 사는 4인 가구에게는 어려운 일이다. 많은 이들이 '구겨져 산다'.

합리적인 개인에서 사회적인 몸으로

외로움에서 벗어나자는 기업 광고와 방역을 책임진 지방 자치 단체가 혼자임을 강조하며 내놓은 문구는 기존에 공유하던 '사회'의 개념을 새로 쓰고 있다. 팬데믹 시대에는 물리적 모임(gathering)과 공동체(society)의 안전이 공존할 수 없기 때문이다. '거리'의 개념도 세분화되고 있다. 사회적 거리두기는 물화된 몸의 거리를 말하지 마음의 거리를 의미하지는 않는다. 하지만 눈에서 멀어지면 마음에서도 멀어진다(out of sight, out of mind)는 속담은 현실이다.

나는 두치펑(杜琪峰) 감독의 팬인데, 그의 영화에는 자신을 살해하는 사람에게 의지하는 죽어가는 몸이 자주 나온다. 권투에서 그로기 상태인 선수가 자신을 때리는 상대에게 몸을 맡기는 모습과 비슷하다. 인간은 자신을 죽이고 때리는 사람한테도 의존하는 존재다.

의존은 열등한 가치가 아니라 인간의 조건이다. 한자 '사람 인(人)'은 맞대어 의지하는 모습이라는 인간 본질을 잘 보여주지만 서구 철학에서는 상호 의존적인 인간 개념이 도출되기까지 200여 년 동안 자연과학과 인문학의 융합이 필요했다.

서구 철학은 인류가 신과 자연이 지배하던 중세를 '극복'한 후 앎을 관장하는 지구의 주인이 되었다고 보았다. 이후 '사람'

개념이 변화한 데는 해부학에서 사회 운동까지 인간 활동의 공로가 크다. 이제 우리는 시공간에 따라 사람의 의미가 다름을 안다. 추상적 의미의 인권에서 시작해서 누가 인간이고 무엇이 인간의 권리인가라는 사회적 성원권(membership)으로서 인권 개념이 성립한 것은 융합의 성취다.

'개인'의 개념은 프로이트에 의해 확고해졌다. 자신이 사랑하는 어머니로부터 고통스럽게 쟁취한 독립적인 자율성(auto/nomy)은 인간의 가장 중요한 자질로 인식되기 시작했다. 자율성은 스스로 규범을 만든다는 의미다. 반대로 의존은 연결, 협력과 혼동된 채 열등한 가치로 간주되었다. 우리의 몸은 사회와 타인의 흔적으로 얼룩져 있다. 그러나 피아(彼我)를 명확히 구분할 수 있다는 환상은 영토성(금 긋기 놀이)과 함께 피어나 안보 이데올로기의 전제가 되었다.

프로이트는 오이디푸스 콤플렉스 개념을 '정립'한 사람이지만 여성성에 대해서는 유보적인 태도를 취하였다. 이후 낸시 초도로 등 여성주의 정신분석학자들이 근대적 남성성을 분석하면서 인간의 자율성 개념은 이성애자 가족에서 제도화된 모성의 산물, 즉 성별 분업의 결과이지 인간의 보편적 특징이 아니라고 주장했다.

궁극적으로 자아는 극복되어야 할 개념이다. 즉 '내가 누구다'라는 자의식은 타인을 부정하거나 외부와 경계를 설정함으로써 만들어진 골치 아픈 문명의 산물이다. 외로움도 타인과 자신을 비교하는 데서 온다. 안정적인 자아, 자율적이고 합리적인 인간은 존재하지 않는다. 인생은 인과 관계로 설명할 수 없다. 연속적이지도 않고 일관적이지도 않다. 실존주의와 불교는 말한다. 고통은 '내 안의 어린아이' 때문이 아니다. 세상은 본디 고해(苦海)다.

자연, 동물과 구분되는 인간의 중요한 성격으로 여겨졌던 합리성은 근대성의 가장 큰 특징이었다. 그러나 지구 곳곳에서 여전히 멈추지 않는 홀로코스트는 이성의 예외 상태(광기)가 아니라 권력의 의지로서 이성의 실현이다. 전쟁은 기획된다. 이를테면 가정 폭력, 성폭력 가해자는 평범한 사람들이다.

이후 여성주의, 현상학, 인류학 등은 인간에 대한 연구 주제를 몸으로 이동시켰다. 모든 개인은 '몸'이다. 그 몸은 사회적이다(mindful body, social body). 마음은 몸의 '일부'다. 마음이 몸을 빠져나갈 때 우리는 죽음을 맞는다. 사회적 몸으로서 인간 개념은 개인과 구조의 이분법을 반박한다. 구조는 개인에게 큰 영향을 끼치지만 개인의 대응은 저마다 다를 수 있다. 이 같은 포스트구조주의는 구조주의와 자유주의 모두 사회 문제의 해결책이 될 수 없는 상황에서 나온 융합의 산물이다.

코로나 시대의 외로움

코로나 시대의 외로움은 방역 사회와 개인의 대응 사이에서 생기는 지속적인 긴장과 팬데믹의 지속을 알고 있는 모두의 무기력함 때문이다. 물론 생계 불안도 외로움의 큰 요인이다.

영어 속담에 "둘은 친구지만, 셋부터는 군중이다(two's company, three's a crowd)"라는 말이 있다. 여기서 발전한 "하나는 너무 적지만 둘은 너무 많다"는 말도 있다. 전자와 후자에서 '둘'의 의미는 다르다. 전자에서는 '둘'이 배타적인 파트너로 여겨지지만 후자에서는 피곤한 외부 세계다. 김혜진의 소설집《너라는 생활》은 고립된 개인들이 원하지 않는 방식으로 세상과 연결된 상황에서 '내가 보는 너'를 그린다. 내가 보는 너는 나인가 너인가. 도착(倒錯)을 그린 수작이다. 나는 이 책을 읽고 나만 도착 상태가 아니라는 사실에 위로받았다.

신자유주의 시대는 개인의 시대이다. 이때 '개인'은 해방된 자아가 아니라 고립된 상태, 주체적 종속 상태다. 지금 우리는 전염병 때문에 이러한 자유마저 공동체를 위해 조절하고 있다. '자유 의지를 지닌 인간'은 본디 불가능한 개념이었지만 지금은 아예 불가능하다. 무의식적으로 부정할지는 몰라도 사람들은 이미 알고 있다. 팬데믹 시대에 몸은 인간과 인간이 연결되는 장이 아니라 바이러스와 백신이 '교대'하는 장이라는 사실을, 그리고 그 와중에 죽을 수 있다는 현실을 말이다.

2019년 개봉한 폴 슈레이더 감독의 〈퍼스트 리폼드〉는 환경 파괴로 인한 인류 멸망을 묘사한다. SF 장르도 아니고 영웅도 없다. 영화 평론가 김혜리의 표현대로 "우리는 지구의 남은 수명에 관한 구체적 수치를 받아든 최초의 세대이다". 몸의 '반'은 방역 시스템에 맡기고 나머지 '반'은 혼자임을 감당해야 한다. 항시적 방역이란 이런 상태다.

인간은 섬이 아니며, 모든 사람은 바다에 떠 있는 연결된 대륙의 일부라는 말이 위로를 주던 시절이 있었다. 하지만 소외감, 고립감, 심심함, 마음의 허기는 팬데믹 시대에는 아무것도 아니다. 나의 혼자임과 외로움이 글로벌 경제와 기후 위기에 따라 좌우되는 시대의 '대안'은 자신을 잊는 몰아(沒我)밖에 없다. 쉽지 않다. 그래도 인간이 지구에 지은 죗값을 80억 명 분의 1로 나눈 것이니 우리는 노력해야 한다.

말은 본디 칼이다

말하기와 듣기의 공중 보건

올 설 연휴 어느 독거 중년의 상황은 이랬다. 전기 합선으로 난방, 취사가 안 되고 온수가 안 나왔으며 매 끼니 복용하는 약까지 떨어졌다. 광장공포증이 있는 데다가 낙상으로 발목에 깁스를 해서 움직일 수 없었다. 지인들은 이렇게 반응했다. "선생님 댁에서 반경 150미터 안에 수리 업체 많습니다." "언니 집이 오래됐잖아. 평소에 관리했어야지." "요즘도 마트에서 휴대용 가스버너 팔아요." 실현 불가능한 조언부터 은근한 비난까지. 말을 '예쁘게' 하기가 이렇게 어렵다. "연휴에 놀랐겠어요" 이 한마디면 될 것을.

말은 본디 칼이다. 강자의 무기도 약자의 무기도 될 수 있지만, 나는 말이 듣는 사람인 '집도의(執刀醫)'의 도구라는 점에 희망을 건다. 모든 경청 행위는 '반응해야 한다'는 부채감이 따른다. 질병, 빈곤, 트라우마를 겪고 있는 이들의 이야기를 들을 땐 특히 그렇다. 귀찮음, 무관심, 멍청한 대답도 반응 중 하나다. 전기가 끊겼다는 소식을 전하는 건 전기를 공급해 달라는 요구가 아니다. 듣는 이는 자신이 해결사라는 착각과 부담 때문에 불가능한 대안을 제시함으로써 말하는 이가 문제를 해결할 능력이 없음을 '일깨워준다'.

정신분석학 이후 인류는 본격적으로 말로 육체적 고통을 치료(treatment)할 수 있게 되었다. 수술이나 주사, 투약을 받는 게 아니라 말을 속 시원히 함으로써 두통, 마비, 환각, 실어증, 근육통까지 완화되거나 낫는다. 우리가 정신과 의사나 상담사(therapist), 역술인을 찾는 이유다. 아픈 사람을 탓하는 사람도 많다. 신학자 메리 데일리는 이런 이들을 '폭력범(the-rapist)'이라고 했다. 그만큼 가치관과 인격적 성숙에서 나오는 말이 중요하다는 얘기다.

정신적 고통이 육체적 통증으로 나타나는 신체화(soma-tization)는 흔한 일이다. 아픈데 병원에 가면 '정상'이라고 한다. 자연스러운 일이다. 몸의 병과 마음의 병이 따로 있지 않기에 심인성이 진짜 원인일 수 있다. 질병은 몸과 마음이 모두 편안하지 않은 상태(dis/ease)다. 분노, 한, 울화통으로 미칠 것 같을 때 우리는 "암에 걸릴 것 같다"고 말하고 실제로 그렇다.

무의식은 언어로 이루어져 있다

지크문트 프로이트는 내가 생각하는 사상가 개념에 가장 적합한 인물이다. 같은 뜻이지만 thinker보다 思想家(사상가)가 훨씬 정교한 표현이다. '家' 때문이다. 그가 지은 사유의 집은 역사상 가장 독창적이며 방대하다. 그가 지은 집 안의 공간들과 그 공간 사이의 문지방(閾値, threshold)의 높낮이는 또 얼마나 다양한지!

정신분석학과 이를 둘러싼 논쟁을 해결할 수 있는 사람과 방법은 없다. 하지만 한 가지만은 확신한다. 인간의 모든 지식은 프로이트가 창안한 정신분석학에서 자유롭지 못하다는 것이다. 프로이트가 많은 분야에 깊은 영향을 끼쳤다는 의미가 아니다. 지식은 인식자의 심리적 산물이라는 뜻이다. 앎은 대상에 대한 자신의 생각이다. 자신이 아는 것을 말한다는 건 결국 자신에 대해 말하는 것이다. 그러므로 자신을 모르면 자신이 아는 지식도 알 수 없다.

정신분석은 프로이트의 철저한 자기 분석에서 시작되었다. 아버지와의 관계, 유대인 정체성과의 끊임없는 협상, 1923년 구강암을 시작으로 평생 서른 번 넘게 받은 암 수술, 우정과 파탄을 거듭한 인간관계……. 의사인 그의 첫 번째 환자는 자기 자신이었다.

프로이트의 핵심적 업적 하나는 리비도와 무의식 개념의 발명이다. 무의식은 인간 행동에 중요한 영향을 끼치지만 꿈이나 정신분석 방법을 통하지 않고는 드러나지 않는 의식을 말한다. 무의식을 인정하는 것과 별개로 내가 묻고 싶은 것은 이것이다. 무의식은 무엇으로 이루어졌을까? 우리는 무엇을 무의식이라고 생각하는가? 무의식이라는 단어를 사용하는 순간, 무의식은 언어라는 구조에 속하게 된다. 인간은 언어로 사유하기 때문이다. 다시 말해, 무의식은 사회 밖에 있지 않다.

현대 사회에서는 '내면의 상처받은 아이가 카우치에 누워 있을' 시간이 없다. 무의식을 의식화하는 작업은 현실요법, 교류분석이론, 인지치료 등 여러 방식으로 대중화, 간소화되었다. 무의식의 의식화는 의학 처치뿐 아니라 개인의 성장에 필수적이다. 인간은 직면하기 두려운 현실이나 부정적 감정을 무의식에 집어넣는다. 이는 어느 정도 자신을 보호하는 방법이기도 하지만 너무 깊숙한 곳에 있으면 꺼내기 어렵고 방어 기제만 남은 공격적인 사람이 된다. 타인에게 지나치게 관심이 많고 타인을 통제하려 들거나 남의 문제를 지적하는 데 능한 사람은 자기 무의식에 문제가 있는 이들이다. 무의식은 인격의 핵심이다.

상담, 일상에서 굴뚝 청소하기

나는 상담(相談)이라는 단어에 감탄한다. 이 말은 카운슬링, 테라피, 컨설팅 등 여러 의미를 아우른다. 진로 상담, 법률 상담, 노동 상담, 연애 상담, 취업 상담, 육아 상담'도' 전문가의 조언으로만 이루어지지는 않는다. 상담은 글자 그대로 서로 이야기하는 일이다. 도움을 필요로 하는 사람은 아픈 사람, 환자(患者)가 아니고 '정신병자'도 아니다. 단지 이야기하러 온 사람, 내담자(來談者, client)다.

프로이트는 많은 이들의 도움을 받았는데 스승이었던 요제프 브로이어를 빼놓을 수 없다. 그리고 정신분석학의 성립에는 브로이어가 치료한, 아마도 역사상 가장 유명한 '환자'인 '안나 O'(가명)의 역할을 빼놓을 수 없다. 이 여성은 통찰력 넘치는 적극적인 내담자였으며 대화 능력이 새로운 이론을 창시할 수 있음을 보여주었다. 안나 O의 실제 인물은 훗날 사회 사업가이자 여성학자로 활발히 활동한 베르타 파펜하임이다. 말하기 치료(talking cure)라는 유명한 용어를 만든 것도, 말하는 도중에 느낀 카타르시스를 '굴뚝 청소(chimney sweeping)'라고 표현한 이도 파펜하임이다(모두 영어 표현이며, 파펜하임은 독일어, 영어, 프랑스어, 이탈리아어에 능통했다).

타인의 경험이나 고통을 듣고 놀라는 사람들이 있다. 왜 놀랄까? 자신의 경험과 달라서 그런 경우가 대부분이지만, 말하는 상대방 앞에서 그 놀라움을 표현하는 것은 무례한 행위다. 아, 그리고 나를 포함한 대부분의 사람들은 타인의 삶에 대한 상상력과 공감 능력이 부족하다는 사실을 인식하지 못하고 산다. 상담심리학 개론서에 따르면 상담자에게 가장 중요한 자질은 인생에는 어떤 일도 일어날 수 있다는 사실을 수용하는 능력(capacity)이다. 이는 상담자뿐만 아니라 모든 인간에게 필요한 자질이다. 우리는 누구나 내 이야기를 판단 없이 들어주는 사람, 말이 통하는 사람을 사랑한다.

말하기와 듣기가 존중받는 사회에서는 개인도 덜 아프고 사회도 건강하다. 이것이 사회 윤리, 공중 보건으로서 상담이다. 자신의 취약함을 타인에게 말하는 행동은 '통장 비밀 번호를 알려주는 일'과 같다는 인식, 강해야 살아남는다는 강박의 결과는 우울과 자살의 사회다. 외로운 침묵, 말하기를 포기한 불신, 소통을 대신하는 물리적 폭력……. '환자'의 말에 사로잡힌 '의사' 프로이트를 다시 생각한다. 우리는 모두 예비 내담자다 누군가의 한마디가 평생을 살아갈 힘이 된다. 좋은 사람은 타인을 분석하거나 판단하지 않는다. 상대방의 장점과 자원을 알아내는 데 주력하고 삶의 대처 능력을 함께 모색한다.

프로이트만큼 오독되고 적이 많으며 인간적 결함 논란이 많은 사상가도 드물 것이다. 논쟁은 끝이 없다. 칼 포퍼의 비판이 가장 신랄한데, 정신분석학은 반증이 불가능하므로 과학이 아니라는 것이다. 이는 융합과 관련된 중요한 문제다. 명확한 과학 혹은 학문의 개념은 존재하지 않기 때문이다. 프로이트도 자신을 과학자나 연구자라고 여기지 않았다('정신의 정복자'라고 주장했다).

수많은 '턱수염을 기른 백인 남성'과 마찬가지로 프로이트의 이론은 보편적이지 않다. 19세기 유럽에서 이성애자 중산층 남성을 기준으로 성립된 이론이기 때문이다. 프로이트는 〈여성성(Femininity)〉이라는 글에서 이렇게 썼다. "저의 여성성 이론은 정말로 불완전하고 단편적인 것입니다. 여성성에 관한 연구는 여러분 자신에게 물어보십시오."

2장

파국의 시대,
공부란 무엇인가

우리는 착취하는 자의
언어로 말한다

욕망하는 자와 해방되는 자

트럼프는 2020년 대통령 선거에서 패배했지만, 히스패닉과 흑인 유권자의 지지율은 4년 전보다 더 높았다. 이 현상은 '왜 사회적 약자가 특권층에게 투표하는가'라는 해묵은 질문을 다시 꺼내게 만든다. 더구나 트럼프는 '새로운' 시대를 예고하는 증후적 인물이었다. 노골적으로 여성과 유색인종에 대한 혐오와 불이익을 공언했다는 점에서 새삼 '불쾌한' 의문이 아닐 수 없다.

지난 2021년, 재판정에서 이재용 삼성전자 부회장에게 법정구속이 선고되자 법원 한쪽에서 두 팔을 높이 들고 기도하던 어떤 여성은 "대한민국은 망했다"고 말했다. 이 부회장의 구속으로 대한민국도, 삼성전자도, 관련 주식도 끄떡없는데 무엇이 망했다는 말일까. 한편 오규석 부산광역시 기장군 군수는 "이재용 삼성전자 부회장을 사면해 달라"며 "서민경제·지역경제 회복을 위해 감히 용기를 내 대통령께 읍소하는" 호소문을 발송했다. 지역 경제를 살리려는 그의 진심을 느낄 수 있었다.

지난 2020년 한국의 공공부문 부채는 1280조 원을 넘겨 사상 최대치를 기록했다. 코로나19로 인한 경기 침체에 대응해 정부 씀씀이가 커졌기 때문이다. 나라 전체 빚이 천조 원이 넘는데, 개인 재산이 10조 원이 넘는 이가 있다. 김범수 카카오 이사회 의장이다. 그가 재산의 절반인 5조 원을 사회에 환원하겠다고 발표하자 주가는 이틀 만에 7퍼센트 가량 더 올랐고 20~30대 젊은이들은 그에게 열광했다.

정보기술(IT) 산업은 자본주의 경제의 패러다임을 근본적으로 변화시켰다. 20대 초반에 근로 소득으로는 불가능한 절대적인 부를 축적한 이들이 등장했다. 빌 게이츠가 첫 주자였을 것이다. 그들의 개인적 능력과 '나눔 마인드'와는 별개로, 첨단 과학 기술은 인류에게 크게 세 가지 현실을 초래했다. 첫째 고실업, 둘째 노동 의욕 상실(특히 젊은층), 셋째 기후 위기로 인한 팬데믹이다. 하지만 사람들은 그들을 원망하기보다는 욕망한다. 일자리가 사라지고 의료, 주택, 교육 등 모든 여건이 바닥을 치고 20대 사망 원인 1위가 자살인데도 말이다. 새로운 이야기는 아니다.

욕망 상태에서 변증은 불가능

　미국 사회에서 '황인종'을 '바나나'로 부르는 경우가 있다. 피부는 노란색인데 사고방식은 백인 지향적인 이들을 말한다. 미국에서만 그럴까. 한반도에 사는 남북한 사람들 모두 미국의 주류를 '목이 빠지게' 바라본다. 외교와 안보라는 '실리적' 차원을 넘어 문화, 심리, 지식의 지배라는 사실이 근본 문제다.

　공식적인 주권 회복, 즉 제국주의 지배가 끝난 이후에도(한국의 경우는 8·15 광복) 문화적·경제적 지배가 지속되는 상황을 지적하고 이에 대한 각성을 주장하는 탈식민주의(후기식민주의) 사상은 프란츠 파농에서 시작되었다. 스물여섯에 쓴 파농의 대표작 《검은 피부, 하얀 가면》은 기존의 이론을 응용한, 파급력이 큰 저서라는 점에서 융합을 상징한다. 구조적이든 개인적이든 지배/피지배의 인간관계는 문명의 조건이기 때문이다.

　파농의 '검문'을 피하지 않고는 지난 세기를 말할 수 없다. 식민주의 심리학의 창시자인 파농은 정신분석학과 정치경제학을 결합했다는 점에서 "개인적인 것은 정치적인 것이다"를 사유한 남성이었지만, 동시에 그 자신의 이성애자 남성성은 비판의 대상이 되기도 했다. 파농 이후 흑인 인권 운동과 탈식민주의 사상은 진전을 거듭했다. 프랑스령(領) 서인도제도의 작은 섬 마르티니크에서 태어나 프랑스와 알제리에서 활동한 그는 서른여

섯이라는 이른 나이에 백혈병으로 숨졌다. 하지만 현대 사상 전반에 걸쳐 그의 영향을 받지 않은 사유는 없다.

《검은 피부, 하얀 가면》은 미국에서 흑인 민권 운동이 일어나던 때에 파농이 알제리에서 흑인과 식민지인의 정신과 의사로 일한 경험을 바탕으로 삼아 저술한 책이기 때문에 현대 글로벌 자본주의와는 맥락이 다르다. 하지만 고전답게 사고의 틀을 제시한다. 이 책을 영화로 만든다면 미카엘 하네케 감독의 2005년 작 〈히든〉이 가장 적확하다고 생각한다. 이 영화는 파농이 그토록 강조했던 내용대로 피식민지인들이 얼마나 제국의 인정과 사랑을 갈구하는지를 보여준다.

파농의 가장 큰 업적은 헤겔과 마르크스로 이어지는 '주인'과 '노예'의 변증법을 재해석하고 전복한 데 있다. 헤겔 변증법의 핵심은 주인과 노예의 위치를 변화시키는 역동적 상호 관계다. 그래서 타인을 억압하는 사람은 자신을 해방시킬 수 없고 노예의 투쟁은 주인을 구원한다. 덕분에 1980년대 한국 사회는 잠시나마 '노동자가 투쟁으로 자본가를 해방시킨다'는 논리가 가능했다.

헤겔이 말하는 주인과 노예는 정확히는 주인됨/노예됨이다. 즉 여기서 주인과 노예는 실제라기보다는 '나(Ich, I)'라는 자기의식을 구성하는 과정, 나아가 역사 발전의 원동력을 설명하기 위한 장치다. 두 사람이 마주하면 누가 누구를 인정할 것인가를 두고 긴장이 발생한다. 두 사람 모두 자신이 그 상황의 주인이라고 상대방에게 인정받고 싶어 하며 그 결과 한 사람은 다른 사람에게 굴복한다.

그러나 파농에 따르면 인종 문제에서는 이 변증이 발생하지 않는다. 젠더도 마찬가지다. 흑인은 실제 노예로 인간의 역사에 등장했다. 백인 주인이 갈등도 없이, '과정도 없이' 갑자기 흑인을 노예로 인정했을 뿐이다. 헤겔의 주인 개념에는 상호성이 있지만 인종 문제에서 주인은 노예의 의식을 비웃는다. 주인이 원하는 것은 주인으로서 노예에게 승인받는 것이 아니라 노예의 노동뿐이다. 따라서 파농의 노예 개념은 자신의 노동을 통해 해방의 근간을 마련하는 헤겔식 노예와는 다르다.

파농이 통렬하게 지적한 대로 하얀 가면을 쓴 흑인은 백인과 같은 주인이 되고 싶어 한다. 그러므로 그의 흑인 개념은 헤겔식 노예보다 훨씬 종속적이다. 상대방에 대한 동일시와 욕망 상태에서는 변증이 발생할 수 없다. 당연히 상호 해방의 가능성도 없다. 욕망의 특징은 절대성, 일방성, 그리고 주체적 종속이기 때문이다.

긴장이 사라진 파국의 시대

재벌을 비판하는 사람도 있고 의존('지지')하는 사람도 있다.

후자가 훨씬 많다. 흥미로운 점은 전자보다 후자가 더 절실하고, 현실 참여에 더 열정적이라는 것이다. 재벌에게 생계가 달렸다고 생각하기 때문이다. 지금의 자본주의는 파농의 다른 고전 제목대로 우리를 '자기 땅에서 유배당한 자'로 만들었다. 우리는 착취하는 자의 언어로 말하고 그들을 더 걱정한다.

최근에 비슷한 경험을 두 번 했다. 서울 시내 모 시민 단체의 도로명 주소를 대고 택시를 탔는데 기사가 금세 알아보고 나를 혼내기 시작했다. "왜 거길 가느냐"면서 재벌의 무노조 경영이나 산업 재해를 비판하는 활동은 나라를 망하게 하는 행위라고 주장했다. 그의 사자후를 멈추게 하는 방법은 "거기 안 가는데요. 그 옆 건물에……"라고 말하는 것뿐이었다. 그의 논리를 잊을 수 없다. "내가 손님보다 세상을 잘 알아요. 재벌들이 하는 나쁜 짓거리, 모르는 게 아냐. 하지만 그 사람들이 커야 우리에게도 떡고물이 떨어져요. 이미 평등은 없는 거야. 떡고물이라도 있어야 서민들이 살지."

떡고물이 있다면 고용과 안전이어야 한다. 문제는 '한국을 대표하는 세계적인 기업'들이 고용을 창출하지 않는다는 사실이다. 이 사실을 모르는 사람은 없다. 그런데도 그들의 비리와 무법을 덮어주어야 한다는 주권자들의 주장을 어떻게 해석해야 할까. 정의와 공정심에서 대기업을 비판하지만, 먹고살 만한 사람들을 '강남 좌파'라고 부른다. 하지만 알고 보니 그들은 서민의 입장에서는 재벌만큼이나 부자였고 재벌만큼의 규모는 아니지만 '소소하게' 부패했다. 그런데 재벌을 비판한 공으로 진보라는 명예와 함께 정권에 입성했다. 그 택시 기사는 세상을 알았다.

역사 발전을 가능케 하는 적대와 긴장이 사라진 시대에 기후 위기가 겹쳤다. 이제 일자리는 사라질 것이고 몸 아프고 나이든 사람들에게 코로나는 계속될 것이다. 비참하고 고난이 가득한 삶이 확실한 사람들이 내릴 수 있는 선택은 많지 않다.

파국은 굉음을 내며 등장하지 않는다. 흐느끼는 소리라면 슬픔이 힘이 될 수도 있겠지만 '영끌', 부자와 동일시를 넘어 과시로 내지르는 '플렉스'는 파국보다 더 비극적이다.

공부는 변태의 과정이다

읽기와 이해하기의 차이

나는 종합 일간지 몇 종을 꼼꼼히 보는 편이지만 주식, 부동산, 자동차 관련 기사는 거의 이해하지 못한다. 공매도? 180마력? 이런 단어가 무슨 뜻인지는 모르지만 내 생활과 무관해서 큰 불편은 없다. 그래도 답답한 표현이 있다. 넓이를 제곱미터로 표기하는 것이다. 평수가 아니라 제곱미터를 사용하는 데는 분명 이유가 있지만, 나처럼 평수 개념에 익숙한 사람은 25평이 편하다. 83제곱미터는 감이 안 온다. 자랑은 아니다. 다만 세상 모든 문장을 어찌 다 이해하겠는가.

이처럼 글자는 읽지만 문장을 이해하지 못할 때 '문해력(文解力, literacy)이 낮다'고 한다. 공매도(空賣渡, short selling)를 읽을 수는 있지만 "주식을 실제로 갖고 있지 아니하거나 갖고 있더라도 상대에게 인도할 의사 없이 신용 거래로 환매(還買)하는 것"이라는 문장은 이해하지 못한다. 문해력은 글자를 읽는 능력이 아니라 문장을 실제로 이해하는 능력으로, 인간의 사고방식을 좌우한다. 요즘은 문상뿐 아니라 특정 분야에 대한 인식으로서 생태 문해력, 이미지 문해력, 미디어 리터러시, 디지털 문해력 등 다양한 개념이 등장하고 있다.

문자 읽기와 문장 이해하기는 전혀 다르다. 한국은 훌륭한 한글 덕분에 문맹률 1퍼센트 이하인 세계 최고의 글자 해독 국가지만 문해력은 반대다. 조사 시기와 연령대마다 다르지만 문해력은 OECD 국가 중 최하위 혹은 중간 이하라는 게 중론이다. 요즘은 젠더 문해력이 화제인데 문해력이 낮다는 말에는 두 가지 의미가 있다. 하나는 실제로 문해력이 낮은 것이고, 하나는 이해하지 않겠다는 맹목이다. 아무리 '객관적'인 통계를 제시해도 북한이나 젠더 문제에 관해서는 받아들이기를 거부하겠다는 심리다. 문해력은 심리적인 문제이기도 하다.

한국은 '지식 강국'과 거리가 멀다. 아마 한국 사회의 문해력을 가장 실감하는 집단은 학생들을 가르치는 교원일 것이다. 초·중·고등학교와 대학교 모두 마찬가지다. 교실 붕괴, 강의실 붕괴는 이미 오래전 일이다.

낮은 문해력은 소통과 직결되므로 사회 갈등의 주원인이 된다. 총기 난사와 인종 차별로 얼룩진 미국, 내전 중인 지역들, 한국 모두 사회 갈등이 심각하지만 한국의 경우는 갈등 양상이

약간 다른 듯하다. 그들은 '진짜' 사회 갈등을 겪고 있는 반면 한국은 문해력 부족으로 인한 의미 없는 소모전을 벌이는 경우가 많다. 더구나 이를 진보/보수라는 이름으로 이른바 식자층이 주도하고 있으니 더 심란하다.

문해력은 인간의 조건이자 '상식 사회'의 초석이다. 낮은 문해력은 공동체의 존속을 위협하고 지적 양극화, 의사소통 저해 등 수많은 문제를 낳는다. 말이 안 통하는 사회를 대신할 수 있는 사회는 없다.

분단 체제와 플랫폼 자본주의

분단(分/斷) 체제의 기반은 이분법이고, 이분법은 문해를 불가능하게 만드는 가장 쉬운 논리다. 말할 것도 없이 한국의 문해력이 낮은 근본 원인은 분단과 식민주의다.

'건국' 이후 지금까지 남한 사회의 문해력은 외부의 기준에 따라 좌우됐다. 반미, 반북, 친일…… 이와 관련한 언설이 그 자체로 '생명 줄'이거나 '반(反)국가'인 사회에서 어떻게 문해력을 논하겠는가. 국가보안법은 국가가 개인에게 행사하는 폭력이라는 점에서 인간과 지식 모두를 압살해 왔다. 그러나 색깔론도 국가보안법도 여전히 활발히 작동하고 있다.

1965년 3월, 소설가 남정현은 문예지 〈현대문학〉에 단편 소설 〈분지(糞地)〉를 발표했다. 그런데 이 소설이 작가도, 남한 당국도 모르는 사이에 두 달 뒤 북한 노동당 기관지 〈조국통일〉에 전제되었다. 작가는 '충일기업사'라는 간판이 걸린 중앙정보부 을지로 대공분실에 끌려가 고문을 당하고, 반공법 위반으로 구속되었다. 작품만으로 작가를 구속하는 건 일제 강점기에도 없던 일이다. 이처럼 사실 관계 자체가 조작되는 상황에서 문해력은 사치일 것이다.

과거에만 한정되는 이야기가 아니다. 나는 문재인 정부에서 이토록 진영 논리가 판칠 줄 몰랐다. 정권 탓이 아니다. 그간 한국 사회에 내재해 있던 무지의 힘이 개인의 이해와 맞물려 폭발한 것이다. 중앙정보부 시절 양희은의 노래 〈이루어질 수 없는 사랑〉은 금지곡이었다. '사랑이 안 이루어진다는 부정적 사고방식'이라는 이유였다. 이해하지 않으려고 작정한 경우다. 지금은 개인이 스스로 이해를 거부한다. 문해력이 없는 사회에서는 그것도 돈벌이 수단이 되는 경우가 있기 때문이다. 낮은 문해력은 유용한 통치 기반이기도 하다. 그런 점에서 지금 한국 사회의 문해력은 일제 강점기, 미군정, 한국 전쟁 때보다 후퇴했다.

엉뚱한 소리를 늘어놓는 사람과 나누는 대화처럼 괴로운 일도 없다. 게다가 위계 관계 때문에 그런 재앙을 피할 수 없을 때 받는 스트레스와 분노는 몸의 면역력을 망가뜨린다. 소통 불가능은 일상이 되었다. 전광훈, 강용석, 김어준 씨처럼 이른바 '관종'으로 불리는 이들은 자신의 생계와 명예를 위해 말도 안 되는 소리로 도발한다. 그들은 허언으로 돈을 챙기는 이들이다.

기사 "'다섯 줄'만 넘어가도 읽기 힘들어하는 아이들"(《한겨레신문》, 2019. 8. 13)에서는 "'북튜버(book+youtuber)'가 대신 읽어주는 책보다는 아이 손으로 직접 종이책 만져보고 소리 내어 읽어봐야" 문해력이 높아진다고 말한다. 중요한 지적이다. 모든 공부는 몸과 텍스트가 닿으면서 전해 오는 느낌을 몸으로 익히는 과정이다. 피아니스트는 피아노를 보고만 있는 것이 아니다. 피아노와 한몸이 될 때까지 친다. 이제는 남이 하는 것을 보는 게 공부인 시대가 되었다. 대책을 찾기는 쉽지 않은 듯하다. 플랫폼 자본주의 시대에 스마트폰, 컴퓨터 같은 전자 매체를 거부하는 이들은 많지 않다.

산업 자본주의 시기에는 몸을 써서 노동(공부)을 함으로써 사회 성원권을 인정받았다. 잘하든 못하든 간에 노동은 미덕이었다. 지금은 소비 주체의 시대다. 소비가 곧 노동이다. 온라인 공간에 오래 머물면서 포털 사이트에 자기 시간을 제공하는 소비 행위(검색)가 공부가 되었다. 이 대세를 거스를 기력이 있는가. 하향 평준화는 필연이다. '긴 글'이나 조금만 익숙하지 않은 문장에도 사람들은 스트레스를 받는다. 근본적으로 문해력을 높일 수 있는 대안이 없는 셈이다. 차이가 있다면 문제를 직면하고 개선하려는 사회가 있고, 문제의식조차 없어 'IT 강국'이라는 언설로 비극을 포장하는 사회가 있을 뿐이다. 한국은 후자의 대표적인 국가다.

'나는 무지하다', 공부의 시작점

"학문의 한자 표기는 '學問'이다." "셰익스피어는 배우였다." "《자산어보》에는 '백상아리(백상어)'로 추정되는 어류에 관한 설명이 나온다." 이처럼 정보에 가까운 문장은 문해력 논란이 적다. 그러나 "고대(古代)에 관한 지식은 대부분 근대에 만들어진 것이다." "여성과 남성은 실체가 아니라 사회적 규범이다." "기후 위기는 자연을 대상화한 결과다." 이런 문장은 문해력에 차이가 있을 것이다.

통념과 달리 문해력은 지식의 정도보다는 가치관과 태도의 영향이 크다. 초등 교육의 문제가 아니라는 얘기다. 학력(學歷/學力)과 무관하다. 남성과 여성, '페미와 마초'를 불문하고 자신을 지식인이라고 생각하는 이들은 이미 문해의 영역에 들어오기 어렵다. 예전에 건설 자본주의 비판과 빈집 재활용에 관한 글을 썼는데 돌아온 반응은 "그러니까 오세훈을 찍지 말라는 거죠?"였다. 어느 유명 남성 지식인이 성폭력 가해자를 지나치게 두둔하여 피해자를 돕는 몇몇 이들과 함께 그 남성을 '설득'하는 편지를 썼다. 그는 페이스북에 이렇게 썼다. "대한민국에

나만한 문해력을 갖춘 사람이 없는데, 내가 당신들이(여성들이) 하는 이야기를 못 알아들으니, 이건 당신들 잘못이다."

문해력은 이해력이다. 그런데 '이해'의 의미부터가 매우 복잡한 문제다. 앎의 가장 기본적인 특징이 차이(差移)와 유착(流着)이 반복되는 의미의 이동, 즉 융합이기 때문이다. 이해 과정에서 이미 변화가 일어나기 때문에 이해는 본디 불가능한 일이다. 이때 위로가 되는 말이 있다. 마르크스가 죽기 전에 했다는 "나는 마르크스주의자가 아니다"라는 말이다. 마르크스는 레닌 같은 정치가가 아니라 사상가인 데다가 마르크스주의 자체가 교조적으로 수용되기 쉽고 또 당시 수정주의 논란이 컸기에, 이말은 '나의 마르크스주의는 어디로?' 같은 한탄이었을 것이다.

문해력은 자신의 가치관과 무지에 대한 자기 인식의 문제다. 그러므로 문해력 향상의 첫걸음은 에포케(epoche, 판단 정지)이다. '나는 모른다'는 자세가 공부의 시작이다. 이해하기 위해서는 자신의 이해력부터 의심해야 한다. 물론 우리 몸에는 이미 많은 의미들이 축적되어 있기 때문에 자신이 무지하다고 가정하는 데는 굉장한 노력이 필요하다. 공부가 중노동인 이유다.

잠깐의 판단 중지. 그 잠깐의 시간이 얼마나 될지는 모른다. 앎은 자기 진화의 과정이지 시비를 판단하는 행위가 아니다. 지식을 하나의 고정된 정보로 여기는 이들은 타인을 '가르치려 들지만', 알아 가는 과정을 보여주는 이들은 우리를 '가르친다'.

아무것도 할 수 없는 자유의 시대

혼자, 둘이, 여럿이 하는 공부

얼마 전 20대 여성들의 이야기를 들을 자리가 있었다. 그들의 공통 고민은 진로였다. "본인이 가장 좋아하는 일을 하세요." 10년 전까지만 해도 이렇게 말했을지 모른다. 이번엔 아무 말도 하지 않았다. 그들은 "뭘 하고 싶은지 모르겠어요" "돈이 많이 드는 일이에요" "그거 해서 언제 돈 벌어요" "저는 '네가 원하는 게 뭐니'라는 질문이 제일 싫어요" 같은 고민을 토로했다. 그리고 이구동성으로 말했다. "공산주의가 되면 좋겠어요. 고민이 너무 지겨워요. 우리는 아무것도 안 하고, 나라가 다 정해주면 얼마나 좋아요!"

무한한 자유, 그러나 아무것도 할 수 없는 자유의 시대다. 하고 싶은 말이 없진 않았다. "공부를 하세요. 공부가 취업으로 연결되지 않는 시대니까, 돈 안 드는 나만의 공부를 하는 거예요. 물론 입시 공부는 아니에요."

통계청에 따르면 지난 2021년 2월 기준, 국내 취업 준비자 수는 역대 최다인 85만 3천 명을 기록했다. 더 많을 것이다. 취업 준비를 하지 '않는' 니트족(NEET, Not in Education, Employment, or Training)도 급증했다고 한다. 일본에서는 수십 년 전부터 연구가 활발했다. 신자유주의는 간단하게 말하자면 실업의 시대다. 실업과 과로사 사이에서 우리는 무엇으로 살아야 하는가.

공부, 혼자만이 가능한 삶

그들의 고민을 듣고 나름 '대안'을 생각하다가 김영삼 전 대통령의 유명한 말이 생각났다. "누구나 머리는 빌려도 건강은 빌릴 수 없다." 그는 건강의 중요성을 강조하면서 30년 동안 매일 4킬로미터씩 달렸다고 한다. 통념에 기댄 그의 비유는 육체와 정신의 이분법이 얼마나 막강한지 보여준다.

머리, 즉 목 윗부분의 신체도 몸에 포함되는데 그것을 어떻게 빌린단 말인가. 잘라서? 그 누구도 타인의 머리를 빌릴 수는 없다. 머리를 빌릴 수 있다는 말은 뇌는 정신이고 팔다리는 육체라는 소리다. 그러나 사람의 몸 안에는 정신과 육체가 같이 있다. 반면 타인의 능력이나 건강은 빌릴 수 있다. 그것은 내 몸밖에 있기 때문이다. 내가 생각하는 현실 정치 지도자의 첫 번째 조건은 현명함이다. 그래야 참모의 능력을 제대로 빌릴 수 있다.

위에 말한 이야기와 비슷한 일화가 있다. 종종 전자 우편으로 내게 자료를 요구하는 사람들이 있다. 한번은 내 강의를 들은 이로부터 "코로나19에 대해 많이 알고 계신 것 같은데, 출처를 알려 달라"는 메일이 왔다. 나는 "특별한 출처는 없고 여러 신문을 꼼꼼히 본 다음, 기존의 내 생각을 정리한 것"이라고 성실히 답했다. 메일이 또 왔다. "막상 주려니까 아까운가 보죠? 정보를 독점하시네요." 안타까운 건 출처를 알려주고 싶어도 그럴 수 없다는 사실이다. 이는 내가 김연아 선수에게 "당장 내가 점프할 수 있도록 당신 몸을 주세요"라고 하는 것이나 마찬가지다.

이 이야기들은 융합 개념의 핵심을 건드리는 적절한 사례이다. 코로나19를 주제로 삼아 내가 강의한 내용은 현실이라는 텍스트에 근대성, 발전주의, 기후 위기, 생태주의, 팬데믹, 거버넌스, 개인의 자유, 전염병의 역사, 돌봄 노동 등에 관해 기존에 내가 지녔던 지식과 관점이 합쳐진 것이다. 나는 내 몸의 역사다. 개인의 몸은 그 개별성 때문에 앞의 내용과 가치관에 따라 현실과 합쳐지는 범위가 다르며 만들어지는 지식도 다르다. 아니, 달라야 한다. 한국 사회의 인구수만큼 다양한 코로나 지식이 있어야 한다. 획일적 생각을 하는 큰 몸이 있다면 국가주의 같은 이데올로기다.

다른 사람의 몸에서는 다른 일이 벌어진다. 삶은 몸들의 개별적 화학이다. 요컨대 인생사에서 공부는 혼자 할 수 있는 거의 유일한 일이다. 요즘은 의학의 도움으로 생사에도 외부가 개입하지만 공부는 그렇지 않다. 맨몸으로 할 수 있는 일이 있다면 단 한 가지, 공부뿐이다. 취업이 안 되는 시대라면 공부를 하면 된다. 여기서 말하는 공부(工夫)는 글자 그대로 특정 분야에 자기 몸을 훈련하여 장인(匠人)이 되는 것이다. 거창한 얘기가 아니다. 공부는 세상이라는 공방(工房)에서 대장장이에게 망치질을 당하고 불에 녹아 쇳물이 되는 등 다양한 모습으로 변환을 거듭하며 내 몸에 기(技)와 예(藝)를 새기는 것이다.

인간은 사회적 존재지만 동시에 다른 사람으로 대체 불가능한 완벽한 개체다. 사랑하는 이가 아플 때 대신 아플 수 없고, '입시 코디'를 고용해도 안 되는 공부는 안 된다. 그 어떤 경우에도 타인이라는 별개의 몸을 내 맘대로 할 수 없다. 폭력과 고문이 인문학(humanities)의 주된 주제여야 하는 이유다.

공동체와 도반의 지속 가능성

주변에 어떤 사람을 가까이 두는가에 따라 인생이 달라진다.

이 문제에 관한 한, 공부처럼 좋은 예도 없을 것이다. '좋은' 선생을 만나는 것만큼 큰 행운이 없다.

공동체를 꾸리거나 도반(道伴)을 맺는 것이 함께 공부하는 대표적인 방식이다. 두 방식 모두 제도 안팎에 동시에 존재한다. 학교, 배타적인 연애, 가족 제도는 제도권 안에서 가능한 대표적인 공부 모임이다.

반면 개인이 조직하고 참여하는 온·오프라인 공부 모임이나 제도로부터 자유로운, 두 사람만의 관계인 도반이 있다. 공부에 필요한 적대는 일대일 관계이므로 도반은 두 사람이어야 한다. 세 사람이면 대화가 흩어진다. 도반이 '유사 연애'의 모습을 띠는 이유는 검열 없이 대화가 오가고 상대방의 뇌에 출/입할 수 있을 만큼 둘 사이에 신뢰가 있어야 하기 때문이다.

외로운 우리는 '제도권 밖의 공동체와 도반'이라는 말만으로도 위안을 받는다('사이비 종교'도 그중 하나다). 그러나 공부 공동체를 '교회', 쉼터, 가족, 도피처로 착각할 때 공부 외에 다른 일로 골치가 아파진다. 무임승차, 인간관계 갈등, 성별 분업, 리더십 문제 따위가 생기며 외부로부터는 '패거리'라고 비난받기도 한다. 처음부터 도반을 세속적 단짝으로 착각하는 이들도 많고 배신과 치정, 경쟁이 난무하면서 도반 관계가 변질되기도 한다.

학교, 가족, 이성애 같은 제도적 관계는 제도 자체가 관계를 유지해주기 때문에 개인의 노력이 덜 요구된다. 반면 제도권 밖의 관계는 그렇지 않다. 흔히 생각하듯 개인이 공동체나 도반의 도움을 받는 것이 아니다. 그 반대다. 개인이 열심히 공부할 때만, 즉 스스로 융합을 멈추지 않을 때만 관계가 지속된다. 모이는 것만으로 융합이 이루어지는 것이 아니다. 개인 내부에 융합이 있어야 외부와 '함께'하는 공부가 가능하다.

동무(同舞)는 독무(獨舞)가 전제되어야 한다. 운이 좋으면 아름다운 결과가 나온다. 많은 이들이 그 어감 때문에 융합이 무언가를 합하는 일이라고 생각한다. 융합은 합하는 작업이 아니라 융합하는 개별적 몸들이 접속하는 상태다. 융합의 가장 중요한 임무는 각자의 가치관이 충돌하여 새로운 사유를 만들어 내는 일이기 때문이다. 그러므로 타인과 충돌할 자기만의 몸이 있어야 한다. 이처럼 도반은 믿을 만한, 편한 길동무라기보다는 자극과 긴장 관계에 가깝다.

영원한 사랑, 지속 가능한 도반, 헌신할 만한 조직과 결합되어 내 몸이 확장된다면 인생에 두려울 것이 무엇이랴. 그러나 대부분은 스웨덴 영화 〈엘비라 마디간〉과 프랑스 영화 〈이웃집 여인〉처럼, 총으로 상징되는 제도를 이기지 못한다. 영원한 사랑(도반)이 있긴 있다. 그러나 포기하고 싶을 만큼 유지하기 어렵다. 계속 노력해야 하기 때문이다. 성질 급한 이들은 혼자 득도하는 쪽을 택한다. 상대에게 더는 배울 것이 없을 때 남는 것은 노동뿐이다.

그래서 상대를 '버리는데', 그 이유를 아는 상대도 있고 모르는 상대도 있다. 혼자 남겨진 '을'은 자신을 반성하지 않고 융합하는 상대방의 몸(mindful body)에 집착한다. 대개 치정으로 간주되지만 그냥 한쪽의 불성실이다. 성실한 삶은 어렵기 때문에 불성실에 관해서는 할 말이 없다. 길동무가 지속되려면 서로 보조가 맞아야 하는데 그런 경우는 매우 드물다. 그래서 나는 "그냥 친구로 남자"는 말이 도대체 무슨 뜻인지 모르겠다.

융합은 먼저 내 몸에서 일어나고 그 다음에 공동체나 도반에서 일어난다. 혼자 공부하는 방법 한 가지를 소개한다. 굶으면서 공부할 수는 없으므로 최소 비용으로 할 수 있는 방법이다. 걸을 수 있는 거리면 좋겠지만 아니라면 얼마의 교통비와 주민등록증을 가지고 큰 도서관에 가는 것이다. 가방도 필요 없다. 자료를 읽고 조사하면서 필요한 부분은 본인 메일로 보내면 된다. 이런 방식의 공부를 권한다. 누구든 어느 한 분야에도 관심 없는 사람은 없다. 본인의 생계를 전문적 지식으로 발전시킬 수 있으면 더욱 좋다.

스스로 융합된 몸이 되어야 다른 융합도 가능하다. 그리고 그러는 편이 바람직하다. 융합의 가장 중요한 임무는 당파성의 지속적인 생산이기 때문이다. 개별적인 가치관의 충돌과 재생산이 없는 공동체나 도반이 무슨 소용인가.

'노아의 쪽배'까지 부수지 않으려면

인공 지능과 인문학의 융합?

KBS 〈다큐 인사이트〉에서 방영한 "AI 시대, 왜 인문학인가?" 라는 다큐멘터리를 보았다. 제작진의 진정성과 열의가 느껴지는 '좋은' 다큐멘터리였다.

인공 지능과 관련한 여러 사례가 흥미로웠다. 토마토 재배 경험이 풍부한 전문 농부와 인공 지능이 토마토 기르기 시합을 벌였는데, 1등부터 5등까지가 모두 인공 지능 팀이었다. 알파고 사건의 재연이다. 운전자가 없는 자율 주행 자동차는 혼잡하기로 유명한 제주 공항에서 렌터카 업체까지 이동하는 주행 시험에 통과했다. 운전을 못하는 내가 가장 관심 있게 본 부분이다. 한편 인문학 전공자들이 주축이 되어 인문학에 과학 기술을 활용하는 기업도 소개되었다.

'AI(Artificial Intelligence) 시대, 왜 인문학인가'는 낯설지 않

은 주제다. 이제 과학과 인문학의 대화, 융합이 필요하다는 주장은 상식이 되었다. 더 섬세한 접근도 많다. "모두가 과학 기술의 발전을 이야기합니다. 그러니 저희 ○○도의 생각은 조금 다릅니다. 사람 중심의, 사람이 존중받는 사회를 지향합니다." 언젠가 라디오에서 들은 어느 지방 자치 단체의 광고 내용이다. 한번은 이런 지자체 광고를 들었다. "화성에는 습지와 나무가 풍부합니다. ...... 화성으로 오십시오." 종일 서서 일하고 피곤한 상태로 택시를 탔는데 그런 내용이 나왔다. 깜짝 놀랐다. 인류가 드디어 화성(火星)까지 침략했구나. 정말 '뉴스'인 줄 알았다. 이것은 나의 정당한 신경증이다. 경기도 화성시(華城市) 이야기였다.

"인문학의 시대, 왜 과학 기술인가?"라는 말은 없다

나는 그 프로그램의 주장과 지자체의 광고 내용에 동의하지 않는다. 매우 안타까운 심정으로 동의하지 않는다. 텔레비전 프로그램을 기획한 건 선의였겠지만 나는 절망과 슬픔을 느꼈다. 그것이 우리 사회 주류의 관점이기 때문이다. 결국 인문학은 과학 기술이 자원을 창출하는 데 도움을 주기 '때문에' 필요하다고 주장한다는 점에서 이 프로그램은 인문학과 과학 기술에 대한 기존의 통념을 반복하고 있다.

'과학 기술의 발전에는 인문학이 필요하다'는 담론은 넘쳐나지만 '인문학의 시대에 왜 과학 기술이 필요한가'라는 말은 낯설다 못해, 이해하지 못하는 이들이 많을 것이다. 문과와 이과, 문학과 과학, 인문학과 인공 지능을 구분하는 사고 속에서는 불가피한 일이다. 지자체의 광고 내용도 마찬가지다. 모든 분리와 분업은 위계화의 시작이다. 그래서 앎의 궁극적 목적은 배제 없는 '온전함(holism)'이다. 온전함은 경계, 선입견 없이 모든 것을 수용하는 자유로운 가능성의 상태를 말한다. 그러려면 일단 우리의 온 몸을 비우는 노력, 적어도 상상이라도 자주 해야 한다.

어느 시대에나 그 사회의 구조에 따른 '주류 지식'이 있다. 지금은 그 반대지만 조선시대 사농공상(士農工商)의 서열을 보라. "과학 기술과 인문학은 함께 가야 한다. 인공 지능 시대에는 인문학이 더욱 필요하다."는 말은 여전히 기술 발전을 상수로 놓은 과학 중심적 사고이다. 기술만 발전하면 '악당들이 인체 실험'을 할지 모르므로 인문학적 소양이 필요하다는 논리다.

사실 인문학의 종속적 위치는 두 번째 문제이다. 인문학은 대학 안팎에서 모두 절실히 요구되지만 한국 사회는 인문학자를 양성하지 않는다. (나는 '학자'라는 정체성은 없지만) 인문학자가 처한 열악하다 못해 모욕적인 상황은 이루 말할 수 없다.

인문학이란 무엇인가

"인공 지능은 이성적 판단을 하지만 아직 인간의 감정의 영역까지는……." 이 이야기는 언제나 등장하는 잘못된 정보여서 언급이 필요하다. 이성과 감정은 모두 근대성의 산물이며, 감정은 이성을 설명하고 합리화하기 위해 만들어진 부차적인 가치다. 이성과 감정은 대립하지 않으며 따라서 이 둘의 조화는 과제가 될 수 없다. 인간의 어떤 모습이 이성적인 모습이고 감정적인 모습인지는 상황과 문화에 따라 다르다. 그리고 이는 인종화, 성별화되어 있다(가령 '흑인 남성은 폭력적이고 여성은 감정적'이라는 편견이 그러하다).

이성, 합리성, 일관성은 인간을 정의하고자 특정 시기에 만들어진 개념일 뿐이다. 이미 현상학, 페미니즘, 탈식민주의, 정신분석 등에서 수많은 반론이 나왔고 지금은 학문 용어로 거의 인정하지 않는다. 이제 형법에서도 용의자의 다중 인격 증상을 무조건적인 형량 감경 사유로 보지 않는다. 다중성은 정상이다. 만일 감정이 인공 지능이 해결해야 할 문제라면, 신경생리학에서 연구하는 인간의 기분(mood) 개념을 연구해야 한다. 한국 사회에서 인공 지능과 인문학에 대한 논의는 그 첨단 이미지와 달리 시대착오적이다.

심각한 쟁점이 또 있다. 기후 위기와 기후 폭탄 현실을 맞이

한 지금 우리가 융합적으로 사고해야 할 주제가 과연 '인문학과 과학 기술'일까. 고민과 발상 자체를 달리해야 하지 않을까. 지금 우리에게 요구되는 융합은 흔히 생각하듯 다른 학문, 이를테면 과학과 인문학의 융합이 아니다. 융합은 근본적으로는 자연과 인간의 융합, 즉 인간 스스로 자신을 아는 과정이다.

인문학이란 무엇인가. 문과 학생들이 공부하는 분야인가. 문학, 역사, 철학인가. 아니면 사회과학까지 포함되는가. 나도 자주 받는 질문인데 나는 이렇게 답한다. "인문학은 언어의 역사죠. 물론 그 언어에는 과학 기술도 포함됩니다. 인문학 내부도 동질적이지 않아요." 아마 수학은 인류가 고안한 대표적인 '우수한' 언어일 것이다. 수학자들은 공식(公式, formula)으로 소통한다. 경영학이야말로 언어가 핵심인 학문 아닐까. 재무의 언어는 회계이고, 인사 관리에서 언어의 중요성은 말할 것도 없다. 피터 드러커는 뛰어난 경영학자이자 인문학자였다.

철학, 사회과학, 자연과학, 공학, 의학…… 분야 상관없이 모든 지식은 언어(인문학)에서 출발한다. 첨단 기술도 언어의 산물이다. 인간은 자신이 살고 있는 사회의 언어로 사유하기 때문이다.

융합은 지식을 인문학과 과학 기술로 구분하지 않는다. 생태주의적 관점을 택한 자연과학자가 있고 자본주의의 원리에 투철한 기능주의자가 있다. 전자는 생물학자, 후자는 사회학자라고 불리지만 나는 생물학자와 같은 입장이다. 분과 학문이 아니라 가치관을 중심으로 한 분류가 융합이다.

인간은 자연의 일부다

12월이 되면 받는 메일마다 그해만의 특별한 송년 인사가 빠지지 않는다. 거의 한마음인 듯하다. 위로와 기원이 넘친다. "힘들었던 한 해, 내년에는 코로나가 물러나길 바랍니다." 이제까지 한국 사회에서 '드러나는' 기후 위기는 홍수나 가뭄 정도였다. 물론 미군 주둔 기지 등 특정 지역의 환경 오염이나 원자력 문제는 심각했다. 그러나 이 글을 쓰는 지금은 거의 모든 국민의 일상과 생계가 코로나19 상황을 중심으로 재편되었다.

문제는 코로나19가 종식된다 해도 새로운 바이러스가 출현할 것이라는 사실이다. 팬데믹은 앞으로도 지속될 것이다. 내 남은 생애는 '방역 속의 삶'이 될 것 같다. 팬데믹은 통치 방식을 비롯해 인간의 조건을 완전히 변화시키고 있다.

자본주의는 근본적으로 착취 대상을 필요로 한다. 자본의 이윤 추구 의지를 관철해야 하기 때문이다. '한때'의 노예, 제3세계, 동물, 비정규직 노동자, 무임의 가사노동자가 대표적인 대상들이다. 자본주의는 지구 생명체 전체를 착취한다. 건강 약자, 장애인, 난치병 환자를 위한 과학기술론은 허구다. 수천억,

수조 원 규모의 연구비가 드는 도박 같은 과학 기술 연구를 휴머니즘 차원에서만 기획하겠는가. 그런 자본가나 국가는 없다.

말할 것도 없이 팬데믹은 인류에 대한 지구의 복수다. 자본가와 발전지상주의자들은 재난이 자기 턱밑에 오더라도 '노아의 쪽배'까지 부술 태세다.

과학 기술에 관한 가장 바람직하지 않은 논쟁 방식은 장단점 나열이다(예를 들어 '세탁기로 여성의 노동이 줄어들었다'는 말이 있다). 하지만 핵심은 인간의 삶과 환경의 변화이다. 기술의 발전으로 지금 은행은 희망퇴직자를 받고 있다. 자본주의 초기부터 과학 기술의 최대 성과는 실업이었다.

현재 지구상에 존재하는 인구는 79억 명이다. 반면 케냐에서는 지구에 홀로 남은 단 한 마리의 하얀 기린이 발견되었다고 한다. 사람이 너무 많다는 얘기가 아니다. 사람도, 다른 생명체도 존중받지 못하고 있다는 뜻이다. 기후 위기는 인간 활동의 '불가피한 부작용' 정도로 생각할 문제가 아니다. 언제까지 방역 시대를 살 것인가. 자연을 대하는 인간의 태도를 분명히 할 시기가 왔다. 인간은 자연의 일부다. 이것이 인간의 조건이어야 한다.

융합은 관점이다

생태주의, 평화주의, 여성주의

글의 주장과 '무관하게' 일단 글은 잘 읽혀야 한다. '위대한 소설가'가 아니라면 문장이 짧고 간결해야 하는 건 기본이고 수식어, 감탄과 개탄 같은 '감정적'인 표현, 작은따옴표도 자제할수록 좋다.

이중 내가 가장 어려움을 느끼는 부분은 작은따옴표 사용을 자제하는 일이다. 다른 세계로 이동하는 글쓰기, 창의적 글쓰기를 지향하는 이들에게 작은따옴표는 중요한 문제다. 작은따옴표는 기존의 의미를 재해석했다는 표식 중 가장 간단하게 사용할 수 있는 표식이다. 글쓴이는 작은따옴표를 표기함으로써 사용하는 단어의 뜻이 모호하다는 사실을 독자들에게 공지한다.

가령 내가 생각하는 자유와 일반적으로 통용되는 자유의 의미는 다르다. 표현의 자유가 대표적이다. 그러므로 내게 자유는 언제나 정의할 수 없는, 작은따옴표가 들어간 '자유'일 수밖에 없다.

하지만 이런 식으로 쓰다 보면 문장은 온통 작은따옴표투성이가 될 것이다. 작은따옴표는 읽기를 방해한다. 독자를 생각하는 읽기로 안내할 수도 있지만, 보통은 가독성을 떨어뜨리고 문장을 지저분하게 만들기 쉽다. 이 글에서 다루고자 하는 주제도 원래 '생태주의' '평화주의' '여성주의'였지만 작은따옴표를 생략했다.

생태주의, 여성주의, 평화주의는 정의하기 어려운 개념 혹은 정명(正名)을 거부하는 경합하는 언설이다. 논쟁도 익숙해야 가능한데 일단 이 세 가지 사상은 한국 사회에서 낯설다. 내용을 알기도 전에 못마땅해하는 이들이 더 많다. 잘사는 나라, 부국강병의 염원이 여전한 한국 사회에서 이 사상들은 왠지 기력이 없거나 심지어 한가한 주제로 인식된다. 우연히 어느 경제 전문지에 실린 한 경영자의 글을 읽게 되었는데 놀랍게도 내 글에 대한 이야기였다. 내 글이 이상하다는 요지였다. 발전주의를 향한 나의 문제 제기가 너무 신기한 나머지, 그 글에서는 비판이 아니라 놀라움을 표현하고 있었다("대한민국에 경제 발전을 싫어하는 이도 있다니……").

이 글에서 세 사상을 소개하는 것은 불가능하지만 왜 개념화가 어려운지는 말할 수 있겠다. 세 사유 모두 내부에 대립적인 사고가 공존한다. 여성주의도 하나가 아니다. 공적 영역에서 남녀평등을 지향하는 자유주의 페미니즘도 있고, 이에 동의하지 않는 에코 페미니즘도 있다. 마르크스주의 에코 페미니즘이 널리 알려져 있지만 영성(靈性)에 관심이 많은 에코 페미니즘도 있다.

이런 대립적 사고는 평화주의에서 가장 극명하게 나타난다. 일상과 사회 구조의 측면에서 평화를 만들어 가는 평화 운동도 있고, 평화는 힘으로만 지킬 수 있다고 주장하는 현실주의 국제정치학도 '평화(진압 후 평정)'를 다룬다. 핵 문제 등 정치적인 접근법 말고도 평화주의는 마음의 평화를 다루기도 한다. 평화주의의 영역이 넓어서 발생하는 모순의 절정은, 세계 평화는 미국의 군수 산업 노동자에게는 평화롭지 못한 상태(실업)라는 현실일 것이다.

생태주의는 생물학, 불교 등 다양한 분야에서 연구하는 주제고 환경 정책을 수립하는 데에도 쓰인다. 근본적으로는 자연을 인간 활동의 대상으로 삼지 말자는 게 공통된 주장이지만 생태주의 역시 논쟁적이다. '녹색 성장'이라는 모순어가 국정 지표가 되기도 하고, 환경 보존이 주민의 이해와 부합하기도 하고 충돌하기도 하듯이 상황에 따라 '진정한' 환경 운동의 의미가 달라지기 때문이다.

융합이 '가성비'가 높은 공부인 이유는, 융합을 공부하려면 기존의 지식은 물론이고 그 지식과 융합할 수 있는 자기 가치관을 확립하는 공부를 병행해야 하기 때문이다. 자신의 관점을 확립하고 응용하려면 연습(practice)과 현실 개입적 실천(praxis)이 모두 필요하다.

공명하고 갈등하는 가치관

지금 한국 사회에서 융합을 가장 많이 사용하는 조직은 대학과 기업이다. 기업의 경우 이익 창출의 새로운 방법이나 이미지 제고라는 목적에서 융합은 중요한 가치일 것이다. 대학에서는 이미 많은 연구들이 다학제로 이루어지고 있고 '융합자율전공학부' 같은 학과가 신설되는 경우도 있다. 융합에 관해 모 대학에서 낸 책을 보니 '문학과 법학' '자연과학과 인문학' '예술과 테크놀로지' 등으로 구성되어 있는데, 현재로선 가장 전형적인 접근 방식 같다. 분야와 분야를 비교하고 결합 가능성을 모색하는 방식이다.

하지만 융합은 주체(사람)와 가치관의 문제이다. 1979년, 이화여대에서 출간한 《여성학》은 '여성의 정치 참여 형태' '경제 발전과 여성의 지위' '여성 연구의 인류학적 접근' '여성 생리와 영향' 등 기존 학문과 '여성'을 연결하고 책의 서두에는 '여성 해방 운동의 이념'(정의숙) '여성 문제의 본질과 방향'(윤후정)

'여성과 사회 구조'(이효재)를 실었다. 지금 읽어도 융합의 모델로서 손색이 없는 선구적인 시도이다.

법과 문학은 여성과 법, 흑인과 법과 같은 위상의 언설이 아니다. '법과 문학' 같은 주제에도 글쓴이의 관점이 들어갈 수 있겠지만 문학은 불법 행위의 구성 요건이나 형량을 좌우하는 영역은 아니다.

여성주의, 생태주의, 평화주의는 분과 학문이 아니라 융합에 필요한 세계관이다. 하지만 아직 한국 사회에서는 '여성학과' '환경대학원' 등 전공처럼 다루어지고 있다. 평화주의의 경우 '북한학'이 운영되고 있어 더 복잡하다.

나는 학자나 지식인이라는 정체성이 없다. 관심 있는 공부 주제는 있지만 전공은 없다. 내게 여성주의자는 부분적인 정체성이자 가치관의 일부다. 간혹 평화학 연구자로 소개되면 '변절자'라며 비난을 듣거나 '진짜' 전공이 뭐냐는 질문을 받는다. 녹색당원이라고 하면 왜 '여성의당'에는 가입하지 않느냐고 의문을 제기한다. 생태주의, 여성주의, 평화주의는 누구나 지녀야 할 가치관의 일부라고 생각한다. 또 경우에 따라 갈등하거나 공명한다.

왜 세계관이 학과로 축소되어 게토(ghetto)화되었을까. 마르크스'주의'는 마르크스'학과'로 불리지 않는다. 내가 아는 한 마르크스주의학과는 없다. 마르크스주의는 관점이자 사상으로 간주된다. 마르크스주의는 많은 분과 학문에서 이미 융합되었고 학문뿐 아니라 인류 역사를 바꾸었다. 마르크스주의는 정신분석, 여성주의, 미학, 문학, 미술, 언어학, 역사학, 사회학……등 수많은 분야에 응용되었지만, 여성주의나 생태주의, 평화주의는 아직 그렇지 못하다.

증오와 파괴의 대안

융합이 가치관에 따른 지식의 재구성이라면, 사람마다 관점이 다른 만큼 구성하는 지식도 다양할 것이다. 여성주의, 생태주의, 평화주의는 그중 지금 가장 요청되는 사유라고 생각한다.

1988년 인도 출신 영국 작가 살만 루슈디가 소설 《악마의 시》를 발표한 다음 해 당시 호메이니가 이끄는 이란 정부는 루슈디에게 현상금 100만 달러를 내걸고 공개적으로 사형 선고를 내렸다. 이 일로 루슈디는 13년간 도피 생활을 해야 했고 이후 《조지프 앤턴》이라는 자서전을 냈다(루슈디가 도피 생활을 하면서 지은 가명인데, 자신이 존경하는 작가 조지프 콘래드와 안톤 체호프의 이름을 합쳤다).

루슈디 사건이 계기가 되어 만들어진 여성 단체가 '근본주의에 반대하는 여성들(WAF, Women Against Fundamentalism)'이다. 이 단체는 기독교, 유대교, 이슬람교, 시크교, 힌두교 등 다양한 종교와 민족의 여성들로 구성됐다. 이 단체는 이슬람 근본주의뿐만 아니라 이에 반대한다면서 기독교 우월주의를 내세우는 인종 차별주의에도 반대한다. 여성주의와 평화주의가 결합한 좋은 예이다.

융합은 정치(학)이다. 서로 다른 것들끼리의 접속이되, WAF처럼 목적이 분명한 사회 운동이다. 자본이나 폭력에 봉사하는 융합인가, 증오와 파괴의 대안으로 작동하는 융합인가. 내가 지향하는 생태주의, 여성주의, 평화주의의 공통점은 모두 발전주의에 저항한다는 점이다. 발전주의는 부국강병주의, 즉 국가나 공동체 간의 힘의 경쟁을 부추긴다. 강자들끼리 경쟁하기 위해 사회적 약자와 자연은 희생되어야 한다는 논리다. 발전주의의 결과가 지금의 팬데믹이다. 코로나 블루는 이 상태가 지속되리라는 인식에서 비롯된 우울감이지 '증상' 그 자체가 아니다. 자본주의를 멈추지 않는 한, 한국의 경우 수도권 인구 분산이라도 해야 '인류 멸망'을 막을 수 있다.

미국에서 9·11 사건이 벌어졌을 때, 텔레비전에 나온 어느 여성 노인의 인터뷰 내용이 인상적이었다. "우리는 이미 충분히 부자입니다. 너무 많이 소비하고 낭비합니다. 더 욕심을 부려서는 안 됩니다. 미국은 이미 다른 나라에 많은 잘못을 저질렀습니다. 부를 나누고 타인을 향한 증오를 멈춥시다." 이 말은 자본주의에 대한 성찰을 요약한다. 마르크스주의도 트럼프에게

투표한 백인 남성을 기준으로 만들어진 근대 발전주의의 일환
이었다. 발전주의적 사고를 누가, 어떻게 멈추게 할 것인가. 'K-
방역'과 백신 개발 모두 한계가 있다. 우리는 여성주의, 생태주
의, 평화주의를 공부해야 한다.

공부의 기준이 다양한 사회가
대안이다

영어 공부는 필요한가?

교육부가 발표한 〈2020년 국가수준 학업성취도 평가 결과〉는 예상대로였다. 코로나의 영향으로 학습 결손과 학력 저하가 늘었고, 특히 영어 과목에서 학력 격차가 커졌다. 여론은 우려했다. 하지만 나는 이러한 현실이 정말 '문제'일지 의문이 든다. 이미 오래전부터 대한민국의 학생들은 학교생활이 즐겁지 않았다. 들러리 취급받고 폭력에 시달렸다. 지금은 공부를 열심히 해도 취업으로 연결되지 않는다.

고교 영어 교사인 내 친구는 교사들을 두 종류로 나눌 수 있다고 말한다. 자신이 '월급충'이라며 괴로워하는 사람과 현실에 적응하는 사람이다. 영문과 교수들 사정도 크게 다르지 않다. 어릴 적 외국에서 생활한 경험이 있어 교수보다 발음이 좋은 학생도 있고, 미디어의 발달로 영어를 배우는 경로도 다양해졌다.

한국 현대사에서 영어와 관련된 우울하다 못해 괴이한 이야기는 끝이 없다. 오로지 영어 능력 하나만으로 대통령이 된 인물도 있었고(최규하 전 대통령) 몇 년 전 서울 강남 일부 학부모들 사이에서는 '버터 발음'을 위해 자녀의 혀를 절단하는 수술이 유행했다.

이런 이야기들은 뒤로하자. 이제 우리가 직면해야 할 현실은 군대와 학교 붕괴다. 이 사실을 인식하지 못한 채 공교육의 공정성 강화를 외치는 것이 무슨 소용인가. '진보 교육감' 흔들기 좋은 진부한 구실일 뿐 가능하지도 않다. 지금 군대와 학교는 사병과 학생을 위한 제도가 아니다. 장교와 교사의 생계를 위한 장치다. 그런 의미에서 지나친 경우만 아니라면 사교육 시장을 향한 비난도 적절치 못하다고 생각한다. 사교육으로 생계를 이어 가는 대졸자가 얼마나 많은가.

나는 교육 불평등을 우려하는 사고방식의 전제를 묻고 싶다. 지금 한국 사회의 문제가 '제3세계'처럼 교육 기회의 부족 때문인가? 오히려 산업 구조에 안 맞는 고학력자의 범람이 '문제' 아닌가? 해외 취업론도 이런 상황에서 나왔다. 학교 공부를 잘하면 취업이 되는가? 집을 구할 수 있는가? 소통 가능한 시민이 되는가? '금수저'를 물고 태어나도 본인의 피나는 노력이 동반되어야 한다. 나머지는 '잉여'인 세상이다.

교육 조건이 평등해진다 해도 모든 학생이 공부를 잘할 순

없고 그럴 필요도 없다. 공부의 기준이 다양한 사회만이 대안이
다. '사다리'가 하나인 것도 문제지만 그 사다리를 우리 스스로
절대화하는 것이 더 큰 문제다. 비교적 평등한 사회에서도 학력
격차는 있기 마련이다. 그것이 인권 침해, 취업 불평등, 인격 모
독으로 연결되지 않는 문화 만들기가 훨씬 중요하다.

학교와 군대는 근대 초기 산업 자본주의 시대에 노동자를 대
량으로 훈련하고 그들을 '국민'으로 만드는 핵심 기관이었다.
그러나 이 시기에도 기계가 일자리를 차지해서 노동자들이 기
계를 부수는 러다이트 운동이 있었다. 자본주의의 성장, 물질
숭배, 첨단 산업의 지속적인 등장은 모두 같은 말이다. 그 결과
는 빈부 격차와 자연 파괴다. 환경 파괴로 인한 고통도 가난한
이들의 몫이다.

영어는 자본주의의 역사

영어의 역사는 자본주의의 역사이자 근대성의 요란한 흔적이
다. 영국의 지배로 시작된 영어의 세계사적 등장은 북미 대륙을
접수했고 이후 맥도널디제이션(McDonaldization)으로 불리는
미국 중심의 글로벌 자본주의는 영어의 위상을 확고히 했다. 지
금은 어떠한가. 번역 기능이 있긴 하지만 매일 전 세계 수십억
명의 인터넷 사용자들이 영어로 된 구글 문서를 찾는다. 플랫폼

자본주의로 영어 권력은 극에 달했다.

모든 권력은 끝이 있다. 팍스 로마나는 망했고 팍스 아메리카나도 망할 것이다. 하지만 미국은 망해도 영어는 안 망한다. 영어로 쓰인 글은 영원하기 때문이다. 이것이 문화 권력이다. 내가 아는 한 인문·사회·문학 분야에서 미국은 지식 생산이 가장 활발한 나라다. 그들은 지식, 돈, 무기를 다 가졌다. 특히 지식은 자원을 정의하고 분배하는, 자원 중의 자원이다. 탈식민주의, 여성주의도 미국에서 가장 발달했고 많은 진보 담론이 미국에서 생산된다.

문제는 미국이 '지식 왕국'이라는 사실이 아니다. 한국이 스스로 미국의 지배를 갈망하는 사회라는 것이다. 지식 권력이야말로 가장 분화되어야 할 영역인데 한국의 미국주의는 환장(換腸)할 수준이다.

미국으로 몰려든 전 세계의 학생들은 자국의 자료를 '바치고' 미국 박사가 된다. 한국은 대단하다 못해 특수하다. 대학교육연구소가 2014년에 발표한 자료에 따르면 외국 박사 학위자 중 57퍼센트가 미국에서 학위를 받았다. 앞서 말했듯이 문제는 현실이 '아니라' 한국 사회의 태도다. 한국이 미국 박사 배출에서 중국에 밀렸다며 이를 글로벌 인재 양성의 적신호라고 개탄하는 우려(《문화일보》, 2008. 7. 21)는 어떻게 이해해야 할까. 미국 국립과학재단의 조사에 따르면 미국 내 대학을 제외하고 1997

년부터 2006년까지 계열 불문하고 미국 박사 취득자의 출신 학부 1위는 '동방의 작은 나라'에 있는 서울대다. 사실, 이 부분이 가장 놀라운 일이다. 미국 전체 대학 중에서도 버클리대에 이어 두 번째다. 중국과 인도가 그 뒤를 이었지만, 세 나라의 인구 비율을 고려할 때 이는 '편향' 정도가 아니다. 한국은 미국의 한 주(州)다. 미연방 대접을 받지 못할 뿐이다.

탈식민으로서 영어 교육

한국 사회에서 영어를 못하면 취업과 진학에 지장이 있는 것은 물론이고 시민권이 없다고 해도 과언이 아니다. 영어 능력은 지식, 교양, 학력(學力)으로 간주된다. 하지만 실제로 영어와 직결된 업무를 하는 직장인이 몇이나 될까. 생각보다 많지 않다. '일반인'에게 영어 공부를 하는 이유를 질문하면 "외국인에게 길 안내를 하기 위해" "해외여행을 다니기 위해"라고 답하는 이들이 많다. 막연한 불안감이다.

미국 박사 논문 중에는 본인이 한국에서 쓴 석사 논문을 번역한 논문, 다른 사람이 한국에서 쓴 논문을 가져다 쓴 표절 논문, 현지 지도 교수가 방치한 흔적이 역력한 논문도 많다. 실력은 사회적 조건에 따라 좌우되는 개인 차이일 뿐이며 학벌로 실력이 증명되는 것도 아니다. 더 나아가 능력의 개념 자체가 논쟁의 대상이다.

모든 국민이 영어 스트레스로 평생을 보낸다면, 이는 일제 강점기보다 더한 식민 상태다. 영어로부터 자유로운 사회를 고민해야 하지 않을까. 초등학교 국어 교과서에 기초 한자 병기를 제안하면 비난하는 교사들이 많다. 한자는 한국어를 구성하는 결정적인 요소인데도, 한자 병기는 학생들의 학습량만 늘리고 사교육을 부추긴다며 염려한다. 그러나 외국어 조기 교육의 효율성과 중요성은 당연시된다(잘못 알려진 교육학 이론이다).

가장 중요한 문제는 영어의 의미가 커질수록 한국 사회의 지식 생산이 후퇴한다는 사실이다. '선진국'이 자국에 필요한 지식을 생산하고 이를 보편적 지식이라고 우길 때 우리는 영어를 공부한다. 지배자는 자국의 언어 능력만으로도 잘난 체하는데 피지배자는 두 가지 언어 능력을 갖춰도 억압받으며 지배자의 언어를 배우느라 정신이 없다. 두 언어를 동시에 잘하기 힘든 상황에서 피억압자만 이중 노동을 하는 구조다. 식민주의가 작동하는 간단한 원리다.

미국인은 영어만으로도 학문이나 일상생활에 지장이 없다. 영어는 공용어로 간주되므로 '웬만한' 미국 작가가 쓴 책은 여러 언어로 출간된다. 우리 출판 시장은 그런 번역서가 점령하고 있다. 국내 필자의 '깊이 있는 책'은 생산되기도 힘들고 생존하기도 힘들다.

'세계적인 미국의 석학'들이 어렸을 적부터 한국어를 필수로 공부하고 그 점수로 대학을 간다면? 아랍이나 동아시아 지역에서 학위를 받고 두 개 이상의 언어를 구사해야만 대학 교원이 될 수 있다면? 스트레스로 총기 난사가 더 빈발할지도 모른다. 관료라면 모를까, '지식인'이 지식 생산 능력 대신 강대국 언어 회화 능력에 따라 평가되는 사회에서는 교육에 의미가 없다.

나는 개인적으로 외국어 공부에 관해 두 가지 입장을 가지고 있다. 첫째, 모국어가 정확해야 외국어도 의미가 있다. 그래야 '2개 국어'가 가능하다. 외국어도 모국어로 배운다는 이 간단한 이치를 왜 모를까. 둘째, 영어를 비롯한 외국어 자체는 지식이 아니다. 도구일 뿐이다. 영어를 절대시하기보다 발상의 전환이 필요하다. 어떤 분야든 대체 불가능한 전문가가 되면 저절로 통역이 제공된다. 세상은 콘텐츠를 원한다.

예전에는 동네에 하버드 보습 학원 같은 소박한 이름이 흔했다. 최근 나는 다음과 같은 상호를 발견했다. "(캐나다의 '명문대') 맥길대 박사 직강" 초등학생 대상의 작은 학원이었다.

학교에 가면 공부한다는 환상

학교란 무엇인가

최근 30년간 대학에서 영문학을 가르쳤다는 교수에게 편지를 받았다. "저는 사람은 배우지 않으려는 존재라고 생각합니다. 영어 선생이 넘쳐도 영어를 배우지 못합니다. 제가 말하고 싶은 것은 공부는 강제로 되지 않는다는 것입니다. 제발, 이 말씀을 해주셨으면 합니다. 공부를 하려면 좀이 쑤신다는데, 어떻게 책상에 앉아 있습니까? 모두가 이봉주 선수가 될 수 없고, 될 필요도 없듯이 공부도 그렇지 않은가요? 왜 공부를 억지로 시킵니까. 제 생각엔, 교육이란 정직한 사람을 만드는 제도면 된다고 생각합니다." 평생 교직에 몸담아 왔던 이는 슬프게도 교직 생활을 이렇게 요약했다. "인간이란 공부하지 않는 존재다."

학생들은 왜 공부하지 않는가. 동기가 없기 때문이다. 그렇다고 모두가 공부를 해야 할 동기를 가져야 하는가?

하루의 생존이 대계(大計)다

교육 백년지대계(百年之大計)라는 말에 아직도 동의하는 이들이 있을까. 교육이나 환경 문제는 중대한 일이어서 당장의 필요에 따르기보다는 멀리 보고 큰 틀에서 정책을 세워야 한다고들 말한다. 그러나 세상은 변했다. 비유가 아니라 문자 그대로 지구 멸망이 눈앞에 있는데 언제 백년 후를 생각한단 말인가. 마르크스는 1883년에 사망했다. 마르크스의 사후 백 주년인 1993년이 PC통신 시대였던 걸 생각하면 지금 '발전' 속도는 얼마나 빠른가. 백 년 전 지구가 이렇게 될 줄 누가 알았겠는가. 당장 매일 집계되는 코로나19 확진자 숫자가 코앞의 뉴스다. 2021년에는 북미 대륙 서부 기온이 49.5도까지 치솟으면서 수백 명이 사망했다. 교육이 아니라 하루의 생존이 큰 일, 대계(大計)다.

인류에게 교육이 절실했던 시기는 백 년 전이다. 교육의 목적이 계몽이었던 건 잠시였고, 이후의 학교는 지배 이데올로기를 주입하고 계급을 재생산하는 제도였다. 학생들은 어린 시절부터 좌절과 폭력을 경험한다. 지금 학교 폭력 가해자는 주로 같은 학교 학생들이지만 예전에는 교사의 체벌이 흔했다. 한국 사회는 학업 성적이 좋지 않으면 이를 인격적 열등감으로 연결한다. 심지어 학력(學力) 사회도 아니고 학벌 사회다. 20여 년 전부터는 학벌의 문을 통과하는 것마저도 부모의 능력에 좌우되고 있다. 동기 부여 단위가 사회에서 가족으로 이동했다.

교육이 고용으로 이어지는 고리는 완전히 끊겼다. 영어 공부를 포함해서 모든 학생이 공부를 잘할 수는 없고 '잘해 봤자'다. 그런데 우리 사회는 이 불가능한 임무를 실현하려고 한다. 나는 앞서 말한 교수의 의견대로 정직한 시민 양성이 당대 교육 정책의 기본이 되어야 한다고 생각한다.

김영우 작가의 책 《제가 해보니 나름 할 만합니다》에는 대한민국 '진보적 부모'의 솔직한 심정이 잘 표현되어 있다. 자녀가 세상에 대한 건강하고 비판적인 시각을 갖춘, '그러면서도' 좋은 대학에 합격하는 학생이 되길 바란다. 작가는 말한다. "우리는 아이를 다르게 키우고 싶었다. …… 실은 이런 마음도 욕망의 다른 이름일 것이다. …… 어쨌든 결론은 알아서 잘해주기를 바라는 마음이다." 부모가 자기 인생을 살 수 있도록, 은퇴 자금을 사교육비로 날리지 않도록, 자녀가 스스로 알아서 공부도 잘하고 인성도 좋고 '부모 고마운 줄도 알면' 얼마나 좋겠는가. 물론 하늘에서 내려오는 이런 '천사'는 많지 않다.

결국 자신이 천사가 아니라는 사실을 깨달은 젊은이들이 결혼과 출산을 포기했다. 현실을 제대로 파악할 때 현실에 맞는 정책이 가능하다. 여성들에게 강제 낙태 시술을 했던 '가족계획'은 잊었는지 지금은 아이를 낳으라고 난리다. 나는 이해할 수 없다. 저출생은 사회를 보존하기 위한 여성의 진화생물학적 선택이다. 정부와 지자체가 대책을 세운다며 집행하는 비용이 아까울 뿐이다.

돌봄 공동체로서 학교

자본주의 발달의 결과를 요약하면 실업의 일상화(빈부 격차)와 팬데믹(기후 위기)이다. 주변 사람들에게 코로나19로 우리 사회에서 '가장' 고통받는 집단이 누구일까 물어보았다. 간호사, 의사 같은 의료계 종사자와 방역 당국, 소상공인, 관광 업계 종사자라고 대답한 이들이 대부분이었다. 나는 엄마들이라고 생각한다. 전쟁 중에도 학교는 문을 열었다. 학교가 문을 닫는 초유의 사태는 엄마들이 24시간 아이들을 돌보고 공부를 독려하고 세끼 식사를 준비해야 하는 전쟁 같은 일상을 만들었다. 요즘은 외식도 많아졌지만 집밥을 먹여야 한다는 규범을 아예 무시할 수는 없다. 엄마들은 비명을 지른다.

지난 2020년 서울중앙지방법원은 1978년 우연히 북한의 선전 방송을 시청한 뒤 지인에게 "김일성이 잘생겼다"고 말해 반공법 위반 혐의로 징역 10개월을 선고받았던 90대 노인에게 41년 만에 무죄를 선고했다. 어렸을 때 내가 받았던 반공 교육도 이와 비슷하다. '북한은 김일성을 아버지라고 부르게 하며, 가족과 아이들을 떼어놓고 어린이집을 운영하는 비인간적 사회'

라고 배웠다. 당시 북한의 실제 모습이 어쨌든 간에, 안전한 어린이집과 학교야말로 부모들이 가장 원하는 사회가 아닌가.

학교의 역할은 공부를 가르치는 데만 있지 않다. 학교는 '가정처럼' 미래 세대를 위한 돌봄 기관이 되어야 한다. 지금은 가족도 학교도 아이들도 행복하지 않다. 정말 때가 왔다. 학교를 없앨 수 없다면, 다른 학교를 만들어야 한다.

현직 고교 교사는 말한다. "학교는 학부모에게 환상을 줍니다. 부모들은 아이가 눈앞에 안 보이면, 학교에만 있으면 공부하는 줄 알아요. 코로나19의 최대 피해자는 학부모예요. 학교가 문을 닫고, 아이와 부모가 직접 대면하게 되니 사달이 났어요. 현실을 목격할 수밖에 없거든요. 부모들은 아이가 학교나 학원에 있으면 행복해해요."

최근 20여 년 동안 공교육에 대한 문제의식에서 수많은 대안 학교가 생겼다. 물론 대안 학교도 문제가 많다. 내 친구는 자녀를 대안 학교에 보냈는데, 실질적인 이유는 기숙사였다. 일단 아이를 안 보는 게 '마음 편하고' 식사 준비를 하지 않아도 되기 때문이다. 그 친구는 공부는 어차피 자녀 본인의 몫이라는 진리를 깨달은 지혜로운 부모에 속한다. 대안 학교 중에는 지역 유기농 농가와 협약을 맺고 학생들이 농사를 배우면서 상품화되지 않은 작물로 급식을 하는 곳도 있다. 농가와 학생과 학부모 삼자가 모두 행복한 경우다. 이런 환경에서조차 자녀들이 방학

때 집에 오면 부담스러워서 여행을 보낸다는 부모가 많다. 이것이 부모와 아이가 함께 생활하는 '정상 가족'의 실체다.

치솟는 사교육비, 폭력과 학습 포기가 만연한 학교, 돌봄에 지친 부모(특히 엄마들)를 위한 대안은 학교를 공부와 함께 일상의 돌봄 공간으로 변화시키는 것이다. 30년 전에는 학급당 학생 수가 80명이 넘는 '콩나물 교실'이 많았다. 지금은 교사 1인당 학생 수가 많지 않다. 더구나 '지방 소멸' 위기에 처한 지역은 더욱 그렇다. 학교와 가정이 돌봄을 분담해서 총체적 돌봄이 가능한 교육은 불가능할까. 오히려 가정이 돌봄을 전담하는 지금 현실이 훨씬 비정상 아닌가.

융합은 초월적 위치에서 여러 가지 지식을 합하는 관념이 아니다. 현실에서 출발해(rooting) 필요한 실천으로 옮겨 가는(shifting) 이동의 사고이자 해결책을 찾는 전술적 사고(실사구시)다. 현실 인식이 너무 늦으면 우리의 자리(뿌리)는 썩는다. 이 글은 "타인의 편집된 삶과 나의 전체 삶을 비교하는 불행"이라는 문장을 읽은 후의 감상이다. 나는 근래 이보다 정확한 현실 인식과 통찰을 읽은 적이 없다. 앞에서 말한 김영우 작가의 책에서 인용한 것인데 그의 중학교 3학년 자녀가 쓴 글이다.

공부는 쓰기다

표절을 넘어 다운로드의 시대에서

방송인이나 정치인의 학위 논문 표절은 일상의 뉴스다. 청문회에서 표절이 문제 되지 않은 이들이 얼마나 있었던가. 우리 사회는 표절을 관례(ritual)로 생각하는 듯하다. 이런 통과 의례(ritual, '儀式')도 있다니! 의례가 아니라면 이 관대함을 설명할 길이 없다.

대개 표절을 윤리 문제라고 생각하지만 그렇지 않다. 표절로 받은 학위를 근거로 삼아 방송에 나와 큰돈을 벌거나 평생 고용의 수혜를 입는다면 자본주의 사회의 공정 거래 행위가 아니므로 법적 제재가 가해져야 한다. 학계의 표절은 대중적으로 잘 드러나지 않기 때문에 더 횡행한다. 관련 전공자들은 알고 있지만 동료를 고발해서 좋을 일이 없다.

표절과 절도의 차이

표절(剽竊)의 '표'는 표(票)와 도(刀)를 합친 말이다. 그래서 표절은 칼을 들이대고 물건을 뺏는 도둑, 표적(剽賊)이라고도 한다. '절(竊)'은 구멍 혈(穴)과 쌀 미(米)를 중심으로 벌레가 곡식 창고에서 쌀을 훔쳐 먹는 장면을 그린 상형 문자다.

보석을 훔치면 절도인데, 글이나 예술 작품을 훔치면 도둑질이 아니라 표절이라고 한다. 왜일까? '표'는 각종 종이(입장권, 비행기표, 투표 등)를 뜻한다. 그리고 종이와 글자는 지식의 상징이다. 무엇을 훔치는가에 따라 절도범의 품위도 달라진다. 하지만 물건을 훔치는 것보다, 표절이 훨씬 쉽다. 부정의하다. 표절범도 지식인 근처에 있어서인가?

미술이나 영화의 오마주나 패러디는 표절이라고 하지 않는다. 문제는 글이다. 특히 학위 논문이나 소설처럼 돈과 직접 연결되는 장르에서 표절 문제가 잦다. 표절의 방식은 생각보다 넓다. 일전에 대한체육회장 선거에 출마한 문대성 씨처럼 박사 논문을 통째로 베낀 경우는 뭐라고 해야 할까. 종이 낭비 없는 노동 절약형, 환경 친화형 표절?

프레임 표절도 있다. 타인의 글을 내려받아서 단어만 바꿔치기하는 경우다. 나도 프레임 표절의 피해자가 된 적이 있는데, 흥미로운 사실은 '그 저자'가 표절한 내 책으로 내 논지를 비판했다는 점이다. 간혹 "기후 변화 대신 기후 위기라는 말을 사용해야 한다"와 같이 이미 상식으로 널리 퍼진 문장을 두고 자기만의 논리라고 주장하면서 피해자를 자처하는 이도 있다.

외국 자료를 부분 번역해서 자기 글에 슬쩍 넣은 글쓰기는 표절인가, 아닌가. 자신이 한국에서 쓴 '잡문'을 번역, 보충하여 외국에서 박사 학위를 받는 사례도 아주 드물지 않다. 한편 출처만 밝히면 표절이 아닌가? 타인의 논문을 거의 번역한 다음 모든 페이지마다 출처를 밝힌 박사 논문도 있다. 이 역시 내가 당한 경우다. 이런 사례는 번역도 아니고 그냥 표절이다.

위에 여러 가지 사례를 소개했지만 우리 시대의 지옥은 표절 자체에 국한되지 않는다. 나는 절발지환(竊發之患), 도둑으로 인한 근심이 더 걱정된다. 표절보다 더한 공포다. 표절은 복잡한 외피를 두르고 있는데, 아래 사례가 대표적이다.

2018년, 학계에서는 지난 십여 년간 '표절 학자'로 지목되었는데도 진보 인사로 알려진 A가 B의 연구를 '그냥 가져갔다'. 절취(竊取)한 것이다. 공신력 있는 기관에서 발주한 연구 용역이었는데, B의 자료 수집이 완료된 상태였다. 이후 A는 텔레비전을 비롯해 각종 매체에 B의 연구물을 발표했다. 사건은 꼬리에 꼬리를 물었다. 이 사건을 알게 된 피해자 B가 사건에 문제 제기하며 연구 윤리를 주제로 소속 학회에서 발표했는데, A는 'B에게는 알리지 말고' B의 발표문을 학회 아카이브에서 영원히 삭제할 것을 학회에 요구했다. 이 사건은 A가 각계의 연줄을 동원해서 B를 직장에서 해고시키면서 '종결'되었다. 엉뚱하게 연루된 많은 이들이 함께 직장을 잃었다. 표절 사건 자체보다 그 이후에 벌어진 '제 2막'이 더 믿을 수 없는 사례다.

'영화에서는' 조직폭력배가 증인을 살해한다. 그러나 현실에서 증인은 대다수가 방관자였거나 충격받은 상태였으므로 제거할 필요가 없었다. 남의 연구를 훔친 사람은 당당하다 못해 상황을 평정하고 연구물을 빼앗긴 사람은 직장을 잃는 사회에서, 지식 생산은커녕 정신 상태를 정상적으로 유지할 수는 있겠는가. 위의 사건에서 '어른'들은 A의 오랜 인맥 관리 덕분에 가해자를 옹호했고 '후학'들은 두려움에 떨었다. 더구나 가해자(절도범)는 과거사를 바로잡겠다는 진보 여성이었는데, 학위 논문부터 여러 사람들의 표절 항의를 받자 소송을 진압한 경력이 있는 상습범이었다.

자기 연구물이 도둑질당해도 항의하고 권리를 찾기 어려운, 아니 두려운 시대다. 나 역시 내 글이 표절당하더라도 표절 자체보다 표절한 이가 나를 해코지할지도 모르는 상황이 더 두렵다. 다른 학계나 문학 분야에서는 표절자의 실명을 공개한다. 그런데 나는 지금 'A'라고 쓰고 있다. 내 안전을 걱정하는 문자가 빗발친다. 왜일까.

새로운 중세가 안착했다

표절이 문제인 건 단순히 타인의 지식을 가져다 썼기 때문만이 아니다. 저작권(copyright) 개념에 저항하는 지식 공유 운동인 카피레프트(copyleft)도 있다. 우리가 지향하는 바는 어쨌든 간에 '좋은 지식'을 생산하는 것인데 표절이 이 과정을 방해한다. 표절은 인생을 건 총체적 노동을 하지 않아도 쉽게 학위 소지자가 되고, 이들이 지식 생산을 저지하는 시스템을 만들기 때문이다.

인생 공부를 포함해 공부는 여러 가지 방식으로 이루어진다. 일상, 읽기, 여행, 경험과 그 해석, 인간관계, 쓰기……. 그중에서도 나는 '쓰기'가 공부의 핵심이라고 생각한다. 외국어 공부를 할 때도 읽기, 듣기, 말하기, 쓰기 중 쓰기가 가장 어렵다.

쓰기가 최고의 공부이자 지식 생산 방법인 이유는 쓰는 과정에서 내가 무엇을 모르는지 알게 되기 때문이다. 쓰기와 실험 외에 모르는 것을 아는 방법은 많지 않다. 생각과 읽기가 공부의 주요 수단이라고 생각하기 쉬운데 그렇지 않다. 수학 공부의 이치와 비슷하다. 남이 풀어놓은 것을 이해하는 능력(읽기)과 자기가 직접 푸는 능력(쓰기)은 완전히 다르다. 전자는 수학 점수가 안 오르는 지름길이다.

글을 쓰다가 막히거나 진도가 안 나가는 상황이 있는데, 이는 거기서 멈추고 다시 질문해야 한다는 좋은 신호이다. 이럴 때는 글쓰기를 정지하고 모든 것을 재점검해야 한다. 쓰다가 길을 잃은 느낌이 드는 데에는 반드시 이유가 있다. 최초의 문제의식과 다른 내용을 쓰고 있거나, 자기 생각을 뒷받침할 사유 틀('이론')을 찾지 못해 '이론을 창시하는 고통'을 겪고 있거나, 사례가 적절하지 않거나, 애초에 문제의식 자체가 틀렸다거나…….

이 과정에서 내가 모르는 것, 부족한 것을 깨닫고 쓰기를 반복해야 한다. 겪어야만 깨달을 수 있고, 이때 새로운 지식이 생산된다. 과학자는 실험을 반복하고, 글쓴이는 쓰기를 반복한다.

프로 운동선수나 세계적인 아티스트들은 연습(練習)을 거듭한다. 연습을 훈련(訓/練)이라고 하는 이유다. '훈(訓)'은 해석, 풀이라는 의미인데, 이는 몸에 도장을 '새길 만큼' 익힌다는 뜻이다. 우리는 위대한 운동선수나 예술가들의 영광을 보지만 사실 그들의 영광은 일반인들이 상상할 수 없을 만큼 연습한 몸의 결과다. 연습이 예술(art, 기술)이다. 공부는 쓰기가 연습이다. 글쓰기의 좌절에 익숙한 나는 '완벽한 글은 없어도 완벽한 인생은 있지 않을까'하는 망상에 자주 빠진다.

나는 부동산 구입으로 인한 불로소득보다 표절로 인한 불로소득이 더 부정의하다고 생각한다. 전자는 세금도 내고 비난도 받는다. 발품도 팔아야 한다. 표절할 땐 그냥 아무것도 안 해도 된다. 새로운 글, 익숙하지 않지만 뭔가를 시도하는 글, 논쟁적인 글을 쓰려는 이들에게 표절 문화는 우주로 떠나고 싶을 만큼의 절망이다. 한국 지식 사회의 절도 문화는 왜 이리 당당할까. 만연해 있기 때문이다. 새로운 중세가 안착했다.

3장

다른 것을
다르게 보기

주류 언어가 나를 삼켜버릴 때

우리에겐 자기 언어가 필요하다

"아버지(master)의 연장으로 아버지의 집을 부술 수 없다."
이 말의 주인공인 미국의 시인 오드리 로드는 페미니스트, 흑인, 동성애자, 유방암 환자로 살았다. 로드는 자기만의 언어로 현실을 인식하고 변화를 추구했다. 나는 이러한 상황이 그에게만 국한된다고 생각하지 않는다. 자기 언어는 '중층'의 억압 속에 살았던 로드뿐 아니라 인간의 보편적 조건이다.

요즈음 반가운 '말'이 있었던가. 긍정적 사고가 쉽지 않은 시절이다. "울지 마라, 내일은 더 힘들 것이다." 앞으로도 이 말을 간직해야 할 것 같다. 연말연시에 나의 인사는 "세상이 곱게 망하기를""시간 차 없는 동시 멸망으로 상실의 고통이 없기를……" 따위였다. 수많은 잘못과 실수를 저질렀던 나 자신에게 한 말이기도 했다.

이 글에서 언어의 사회적 기능을 말할 필요는 없을 것이다. 언어의 역할이 분명히 있지만, 기본적으로 언어는 매일 마주치는 삶의 장벽이다. 나는 소통의 불가능성에 희망을 걸겠다. 소통이 가능하다는 환상은 절망과 분노로 바뀌기 쉽다. 세상에서 통용되는 말들은 대개 나와 무관한 이들이 만든 말, 소위 이데올로기이다. 물론 그런 말조차 마음껏 표현하지 못하는 인생이 대다수다. "속 시원히 한번 말해봤으면" 같은 소망을 품어보지만, 그 말을 누가 들어줄 것인가도 문제다. 이 시대 사회 관계망 서비스(SNS)는 자기 말을 들어줄 사람을 찾아 헤매는 이들의 몸부림이 아닐까. 코로나 시국에 이른바 유명인들이 모여 와인을 마시든 파티를 하든 누가 알겠는가. 그들 자신의 업로드로 알려진다. 욕을 먹어도 좋으니 자기를 봐 달라는 이들의 표정은 행복하다.

말이 안 통하는 세상이니 '아버지의 도구'조차 제대로 그 기능을 하는 경우가 드물다. 아니, 그래서 '아버지의 연장'일까. 정확한 인식을 방해하는 단어가 산더미다. '노동 시장 유연성' '성희롱' 같은 노동과 젠더에 관한 번역어들은 현실을 완전히 왜곡한다. 기존의 언어를 사용할 수 없는 상황에서, 자기 검열과 사회적 검열까지 겹치면 침묵이 답이다(글을 쓰지 말아야 한다). 내게 침묵은 완벽한 좌절 혹은 들끓었던 몸이 소진된 상태다.

원래 문명은 융합의 산물

예전부터 나는 미국 사회에 대한 표현 가운데, 인종의 용광로(鎔鑛爐, melting pot)라는 말이 이상했다. 비유가 현실과 정반대다. 용광로라면 인종 차별이 사라지고 '하나의 쇳물'이 되어야 하는데, 미국은 이를 '트럼프'로 해결하려던 사회다. '용광'될 날이 없을 것 같다. 현재 미국의 인종 구성은 '백인'이 60퍼센트, 히스패닉 18.5퍼센트, '흑인' 13.4퍼센트, 아시아계 5.9퍼센트 정도로 알려져 있다. '혼혈인'과 1퍼센트가 넘는 원주민은 포함하지 않은 수치다. 미국은 다양한 사회가 아니다. 백인 문화가 용광로를 운영한다. 백인들은 용광로에 들어가지 않는다.

융합도 용광로와 마찬가지로 제대로 된 지시어가 아니다. 그래서 융합에 대해 쓰는 어려움보다 융합의 기존 어감과 이미지, 통념과 싸우는 어려움이 더 크다. 융합은 융합을 설명하는 데 적절한 단어가 아니다. 누군가 규정해놓은 '틀린' 말을 내 입장에서 설명하려니, 앞에서 말한 대로 '융합'은 내게 거대한 장벽이다.

문명은 융합의 산물이며 이미 세상은 융합되어 있다. 독자적이고 순수한 형태의 문화는 없기 때문이다. 우리가 모든 현실을 알 수 없는 이유다. 코언 형제의 영화 〈그 남자는 거기 없었다〉에는 의미심장한 대사가 나온다. "독일의 프리츠인가 워너인가

하는 학자의 이론에 따르면, 어떤 현상을 과학적으로 테스트하려면 관찰을 해야 하는데 관찰을 하면 관찰을 하는 행위 자체가 현상을 변화시킨다는 거죠. 그래서 현상의 실체를 알기가 불가능하다는 겁니다."

현실은 잡히는 대상이 아니다. 매 순간 변화하고 이동한다는 의미에서 태양 아래 모든 것은 새롭다. 그러므로 융합 그 자체는 중요하지도 않고 무조건 추구할 가치도 아니다. 문제는 어떤 가치를 위한 융합인가이다. 진짜 융합은 인간의 필요에 따른 대단히 목적의식적인 작업이다. 안보 신화를 종식할 수 있는 논리, 무의미한 갈등을 조정할 수 있는 논리, 한국 현대사에서 '검사 집단'을 파악할 수 있는 논리……. 이런 논리를 만들어내는 것이 융합이다.

주류 언어가 나의 삶을 삼켜버릴 때, 현실이 교착 상태에 빠져 공동체가 고통받을 때 새로운 말을 찾는 과정이 융합이다. 융합은 창의적 사고가 왜 필요한가에 대한 근본적 질문이다.

합치지 말고 분절하라

어쨌든 '융합'이라는 표현을 그대로 사용해보자. 융합은 학문 간 대화의 필요성에서 제기되었다고 알려져 있지만, 더 본질적 차원에서는 정치적 요구에서 비롯되었다(학문 간 소통도 정치다). 동맹, 제휴, 통일 전선, 연대……. 맥락에 따라 융합은 여러 다른 용어로 사용된다. 애초 통섭(通攝)으로서 융합은 서구에서 페미니즘과 포스트마르크스주의가 발전시켰다. 근대에 탄생한 대부분의 지식처럼 영어 표현을 빌리는 편이 빠르다.

이 책 전체를 통해 내가 가장 강조하고 싶은 바는 융합의 정확한 의미다. 머리말에서 말한 대로 융합의 가장 근접한 번역은 '횡단(橫/斷)의 정치(trans/versal politics)'다. 글자 그대로 횡단보도는 필요한 구역마다 길을 가로질러 '끊어놓은 것'이다. 교통량이 적은 지역에는 횡단보도가 많지 않다. 불필요해서다. 횡단의 정치는 사고를 교차하거나 기존 의미의 문지방을 넘어(횡단해) 사회 변화(trans/formation)를 추구한다. 며칠 전 읽은 책에서 트랜스내셔널(trans/national, 국가 경계를 넘어서)을 '관국가적'이라고 번역한 표기를 보았다. 한자 병기는 없었는데, 아마 가로질러 관통(貫通)한다는 의미로 사용한 것 같다.

지금 한국 사회에서 통용되는 '융합'은 융합의 반대말이다. 정확하게 말한다면 융합 개념은 '절합(折合, articulation)'에 가깝다. 모든 질서는 일시적이고 불안정한 절합이다. 이 단어는 관련 연구자들 사이에서 흔히 쓰이지만, 현재 국립국어원 표준국어대사전에는 등재되어 있지 않다. 이 단어는 관절(joint)이란 뜻의 라틴어 'articulus'에서 온 말이다. 하나하나 구분되는 마디를 뜻한다. '법률 조항(an article of law)'이라는 표현도 여기서 나왔다. 구분한다는 의미가 강해서 '또렷이 생각을 밝히다 (articulate an idea)'라는 표현도 있다. 트레일러가 딸린(jointed) 트럭도 'an articulated truck'이라고 한다니, 관절(關節)의 이미지가 선명하다.

하나로 화(化)하여 합친다는 '융합'으로 차이를 분명히 하자는 '절합'을 설명하려니, 다시금 아버지의 연장―언어의 식민성―에 분노하지 않을 수 없다. 한국의 진보 진영에서 많이 사용하지만 가장 실천과 거리가 먼 단어는 '연대'와 '성찰'이 아닐까? 연대는 융합에 대한 최악의 이해다. 통용되는 연대 개념은 "우리가 99퍼센트(?)이니, '나쁜' 1퍼센트(?)를 제거하자"는 논리다. 문제는 99퍼센트 안에 광범위한 갈등이 존재한다는 점이다. 정치는 갈등의 교차 영역에서 발생한다. 오로지 한 가지 억압이 위에서 아래로 찍어 내리는 것이 아니다.

노학 연대, 청년 빈민 연대, 성소수자 연대, 사회적 약자와의 연대……. 그런데 연대 과정에서 각 집단은 등가 사슬(chain of equivalences), 즉 하나의 '마디(article)'가 되지 못하고 약자는 연대에 동원된다. 인구수가 많은데도 여성이나 장애인 이슈는 대동단결, 일치단결의 '대의'에 종속된다. 아니, 정확히 말하면 대의를 약자와 대립시킨다. 예를 들면 "민족 문제냐, 여성 문제냐"가 있다(이 말 자체가 여성을 민족에서 배제한다). 장애인 문제는 시혜적이고, 성소수자 문제는 '나중에'다. 이것은 융합도 절합도 아니고 폭력이다. 심지어 대동단결과 일치단결 중 무엇이 옳은가를 놓고 싸우던 시절도 있었다.

왜 우리는 '인문학 강국'이 아닐까("왜 노벨 문학상을 못 탈까"). 한국은 융합을 논하기 전에 융합할 수 있는 사고방식과 언어가 부재한 사회다.

소통은 불가능하다

수많은 차이의 교차로에서

청매실이 익으면 황매실이 된다. 황매실 중 큰 것은 살구와 모양이 비슷하다. 얼마 전 친구에게 황매실로 매실청을 만들어 갖다 주었더니, 그 친구는 황매실이 아니고 살구라고 주장했다. 내가 직접 나무에서 따서 만들었기에 논쟁거리가 아니었지만, 친구는 평소 황매실을 본 적이 없어서 살구라고 생각했던 것 같다.

'진실'은 나만 알게 되었다. 직접 농사를 짓는 분에게 물어보니, 살구는 둘로 쪼개면 씨와 과육이 깨끗이 분리되는데 매실은 그렇지 않다면서, 내 앞에서 실연(實演)해 보여주었다. 나는 이 사실을 친구에게 말하지 않았다. 친구는 실연을 보지 못했으므로 내가 강하게 주장하면 괜히 자존심 싸움을 하는 것 같았기 때문이다.

살구와 황매실은 다른 과실이지만, 구분하는 것이 중요하지 않을 수도 있고 그 기준도 다를 수 있다. 친구가 평소 소화 불량을 호소해서 위장에 좋은 매실청을 준 것이라 나와 친구의 관계에서 황매실과 살구의 중요한 차이는 효능이었다. 하지만 다른 상황에서는 차이의 기준이 다를 수 있다.

만물 중에 같은 것은 없다. 우주는 차이들로 이루어졌다. 그렇다면 그 많은 차이들 중에서 우리가 아는 차이는 얼마나 될까? 이 질문에 대답하는 건 의외로 쉽다. 사회가 선택한 차이만 차이로 간주되기 때문이다. 우리가 차이라고 알고 있는 것은 모두 인간의 필요에 따라서 만들어진 것이다. 차이는 분업이나 차별이 필요할 때 발명된다. 그래서 어떤 차이는 다양성으로 인식되지만, 어떤 차이는 차별의 '이유'가 된다.

인간이 만든 차이를 두고 "차이는 인정하지만 차별해서는 안된다"는 건 이치에 맞지 않는 언설이다. 이 언설은 사회적 구성물인 차이를 본질적인 속성으로 전제한다. 이때 차이를 해결하는 방식은 공정함이 아니라 배려와 관용이다. 차이는 해소하거나 인정하는 차원에서 접근해서는 안 된다. 융합은 차이의 발생을 추적하고 분석하는 사유, 즉 권력과 지식을 탐구하는 작업이다. 자연스러운 차이는 없기 때문이다.

소통은 불가능하다

차이는 모든 사유의 키워드이자 융합의 핵심이다. 융합을 포함해 모든 개념은 차이를 어떻게 배치하는가에 따라 만들어지기 때문이다. 융합에서는 왜 차이가 중요할까. 어느 독자가 내게 물었다. "관악기, 현악기, 건반악기, 타악기를 모두 마스터한 사람이 지휘를 하는 것이 융합인가요?"

하지만 이렇게 분류된 악기군 안에도 다양한 종류의 악기가 있다. 수많은 악기를 피아니스트 조성진 수준으로 다룰 수 있는 사람은 없다. 가능성 여부를 떠나 융합은 '완전 정복'이 아니다. 융합은 생각하는 힘이자 다른 방식으로 고민하는 태도이다.

'융합'을 서로 다른 것의 결합으로 생각하면 차이를 어떤 식으로든 '처리'해야 한다는 스트레스가 생긴다. 그렇다면 차이끼리는 소통 가능할까? 예전에 어떤 기관에서 '소통의 인문학'이라는 주제로 강의를 요청해 왔다. 나는 잠시 '사회성'을 잊고, 놀란 듯 이렇게 메일을 쓰고 말았다. "아니? 소통이 가능하다고 생각하세요? '소통 불가능성의 인문학'이라면 하겠습니다."

융합은 협력이나 대화가 아니다. 한국 사회에는 '대화와 상생' 구호가 넘쳐나는데 구호만 요란한 것도 문제요, 아무 때나 등장하는 것도 문제다. 소통, 대화, 공감은 아름다운 말이지만 항상 지향해야 할 가치라고는 생각하지 않는다. 소통과 공감이 필요한 순간이 있지만 이조차 본디 불가능한 일이다. 대화를 시도하는 과정에서 왜 안 되는가를 배웠다면 그것이 최선이다.

소통 불가능성에는 두 가지 이유가 있다. 지구에는 79억 명의 인간이 산다. 즉 79억 개의 개별적 몸이 있다. 대체 불가능한 고유한 몸들이다. 각자가 말하는 순간, 발화(發/話) 내용은 몸의 외부 환경과 섞이게 된다. 타인과 사회의 해석에서 자유롭지 못하다는 뜻이다. 일상생활에서 흔히 하는 말, "내 말은 그 뜻이 아니라……"는 바로 이런 배경에서 나온 것이다.

더구나 인류는 공통어가 없다. 외국어는 물론이고 수어, 방언도 존재하는데 이는 축복이다. 만일 한 가지 언어(지금은 영어)만 있다면 끔찍할 것이다(완벽한 지배는 완벽한 소통 상태일 때만 가능하다). 또한 소통 불가능한 구조의 핵심은 말하는 사람마다 젠더, 계급, 인종 등 사회적 위치가 다르다는 점이다. 우리가 매일 겪는 일이다. 저마다 자기 입장이 있다. 지배자의 입장을 내면화하든 통념과 상식을 자기 생각이라고 믿든, 모든 개인은 입장이 있다. 그래서 나는 다른 상황에서 같은 말을 하는 사람이 무섭다. 이것은 생각하지 않는 상태, 폭력이다. 소통은 가능하지도 않고, 어떤 상황에서는 바람직하지도 않다.

사실 소통이라는 단어 자체가 정확하게 그 어려움을 표현한다. 한자어 '소통(疏通)'의 '疏'는 '드물다, 멀다, 사물과 사물 사이에 거리가 있다'는 뜻이다. '疏'에는 '트이다'의 의미도 있지만, '소외'처럼 '거리가 있다'는 뜻이 강하다. 많은 이들이 외로움의 대안으로 타인과의 완전한 일치를 원하지만 쉽지 않다. 이 긴장을 견디지 못해 진짜 폭력을 사용하기도 한다. 폭력(명령, 통제, 소유)과 섹스는 완벽한 소통으로 오해되는 대표적 인간 행위다. 물론 그렇지도 않고 그런 소통은 오래가지도 못한다는 사실을 우리는 안다.

삶은 지속적인 뉴 노멀

어떤 식으로든 차이를 '처리'해야 한다는 생각은 융합, 통섭, 다학문적(多學問的) 접근이 애초부터 "차이를 좁히자, 소통하자"는 의미로 잘못 전달되었기 때문에 생겨났다. 이제까지 융합의 필요성을 주장했던 이들의 문제의식은 다음과 같다. "근대를 전후하여 대학이 제도화되고 증가했다. 전공이 다양화, 전문화되기 시작했다. 독립된 학과들은 자기 복제를 반복하면서 엄청난 지식을 생산했다. 점차 다른 학문과의 상호 이해가 어려워졌다."

나는 이러한 문제의식을 품기 전에 왜 서로를 이해해야 하는가에 대한 질문이 선행해야 한다고 생각한다. 멀티플레이어의 등장은 최악의 대안이다. 신자유주의 사회가 도래하자 자기 분야의 최고 전문가이면서 다방면에도 조예가 깊은 이들이 등장해 인간의 '능력도' 양극화되었다. 변호사, 변리사, 약사 자격증을 모두 가진 사람을 요구하게 된 것도 같은 예다.

다른 나라에 비해서는 학제 간 협력과 지식의 다양성이 부족하지만 한국 사회에도 '협동 과정'이라는 이름으로 여성학, 과학사, 북한학, 환경학 등이 몇몇 대학에 대학원 과정으로 운영되고 있다. 그러나 이들의 내부도 동질적이지 않다. 여성학, 북한학 연구자들이 모두 '여성'과 '북한'에 대해 같은 입장을 가진 것도 아니고, 그럴 필요도 없다.

나는 특히 '협력'이라는 말에 민감한데, 대기업과 중소기업의 협력이 실제로는 약자 착취인 것처럼 지식 세계에서도 같은 일이 반복되어서다. 소수자의 학문은 다른 분야와 상호 협력이 되지 않고, 기존의 지식을 풍부하게 만드는 데 동원된다.

융합은 사회가 요구하는 가로지르기이며 앎의 변화다. 여기서 필요한 태도는 아는 것을 버릴 수 있는 용기와 다른 입장에 대한 탐구력이다. 평생 확신해 왔던 자기 인식과 기득권을 포기해야 하는, 새로운 진실에 맞닥뜨리는 순간이 찾아올 때가 있다. 간혹 지적이고 윤리적인 이들은 극심한 혼란을 겪고 '낭인'이 되기도 하지만(영화 〈타인의 삶〉을 보라), 대부분의 사람들은 자신을 변화시키지 않는다.

지식만큼 기득권과 관련된 인간사도 없다. 융합 작업에서 가장 큰 어려움은 갖가지 지식 간의 위계다. 시대나 지역마다 숭배받고 각광받는, '유행하는' 지식이 다르다. 말하는 자의 인종, 젠더, 계급에 따라 지식의 중요도에서 차별이 극심하다. 분과 학문 간의 위계, 어떤 학문(발전주의 경제학)은 중요하고, 어떤 학문은 부차적이라는 인식의 결과가 '코로나'다.

우리의 삶은 수많은 차이의 교차로에 놓여 있다. 융합은 차이들을 재배치하고 재해석하는 것이다. 이제까지와는 다른 방식의 사유가 필요하다. 그런 면에서 기존 인식과 갈등 상황에 있는 사회적 약자들의 다른 목소리가 유리하다. 이것이 뉴 노멀이다. 뉴 노멀은 특정 시기에만 요구되는 기준이 아니라 지속적으로 갱신되어야 하는 생명의 본성이다. 인생무상이다. 삶에는 정상(正常), 노멀(normal)한 상태가 없는 법이다.

하나, 여럿, 그 너머

다양성이라는 세련된 탈정치

가족, 글로벌 패밀리, 다문화 가족? 현재 한국 사회를 구성하는 가족을 칭하는 말들이다. 한국인으로 이루어진 가족은 수식어가 없다. 그냥 가족이다. '그 다음에야' 이혼 가정, 한 부모 가정, 조손 가정 등을 두고 '정상 가족' 논쟁이 오간다.

대개 '글로벌 패밀리'는 백인 남성이 한국 여성과 결혼한 경우다. 이에 비해 '다문화 가족'은 결혼을 통해 한국으로 이주한 외국 여성과 농림·어업에 종사하는 한국 남성의 결합을 가리킨다. 글로벌 패밀리나 다문화 가정도 '비정상 가족'이 있을 텐데, 이들에겐 이혼 가정, 조손 가정 같은 가족의 형태보다는 한국 사회 적응 여부가 더 중요하게 여겨진다.

굳이 국가 간에 경계를 긋는다면, 한국 여성과 결혼하든 한국 남성과 결혼하든 '국제결혼'은 모두 글로벌 패밀리 혹은 다문화 가정으로 불려야 한다. '베트남 신부'는 다문화, '미국 신랑'은 글로벌인가? 이런 차이는 인종주의, 남성 중심주의, 국가 간 위계를 복합적으로 드러낸다.

한국 가족 구성원 사이의 이질성, 즉 '다양한 문화'는 남편의 폭력이나 고부 간 갈등, 여전한 명절 스트레스, 높은 이혼율과 별거율로 이어진다. 가족 구성원 각자 자기 입장이 있으므로, 모든 가족은 다문화 가족이다. 하지만 '다문화'라는 말은 한국인 외부에만 적용된다. 오히려 가족 내부의 다양한 문화의 공존과 충돌은 한국 가족에서 훨씬 빈번하게 일어나는데도 말이다.

가족을 사회의 기본 단위(unit)로 보고 가족 구성원 전체를 한 묶음("우리는 하나")으로 간주하는 가족주의는 가능하지 않다. 이성애 가족은 성별, 세대 차이가 주요 모순이며 부부끼리 존중과 배려가 넘치고 부모와 자녀 사이에 대화가 원활한 경우는 그리 많지 않다. 가족 구성원의 분업과 위계는 누군가의 희생을 요구하고 한(恨)의 문화를 낳는다. '한'과 울화는 예전 어머니들만이 가진 사연이 아니다. 가족, 사회, 학교 제도의 구조적 억압 속에서 '한 맺힌 청소년'들이 얼마나 많은가.

범주(範疇, category) 설정은 개념을 인식하는 중요한 과정이다. '다'문화 가족의 전제는 문화의 기준은 하나이고, 그 하나는 한국이라는 우리 중심적 인식이다. 한국 사회는 국제 가족이 문화 차이를 '극복'해야 한다는 인식이 강하다. 특히 농어촌의 다문화 가족에게는 이주 여성을 한국 사회의 가부장제에 동화시키려는 일반의 인식과 공식적인 정책이 강력하게 작용한다.

이처럼 다양성은 다양한 가치가 아니라 '하나'를 중심으로 배제된 나머지를 말한다. 독립 영화를 '좋은 의미로 포장하여' 다양성 영화라고 부르는 것도 마찬가지 경우다. 그렇다면 주류 상업 영화의 내용은 다양하지 않다는 말인가. 자유주의 페미니즘, 급진주의 페미니즘, 마르크스주의 페미니즘, 제3세계 페미니즘을 동렬항으로 분류하는 방식도, 제3세계에는 제3세계 페미니즘만 있다는 논리다.

다양성은 평등하지 않다

애초에 융합이 제기된 것은 독자성, 배타성을 향한 소통의 요구 때문이라기보다, 보편성에 대한 비판이 주된 이유였다. 일반성, 중립, 과학, 합리성, 상식으로도 불리는 보편성은 사회를 조직하는 핵심 원리다. 세상을 보는 시각이 하나라는 보편적(uni/versal) 규범은 바람직하지도 않고 실현되지도 않는다. 사회는 거대한 하나의 돌, 일괴암(一塊岩, mono/lith)처럼 변화 없는 단일한 조직이 되기 쉽다. 삶의 다양한 상황을 어떻게 보편이라는 이름으로 통합할 수 있겠는가. 물론 근대 초기의 보편성은 모든 인간이 법 앞에, 신 앞에 평등하다는 의미였다. 권리와 의무를 모든 사람에게 보편적으로 '적용'하겠다는 계몽의 의지였지만 이는 곧바로 난관에 봉착했다.

보편성의 기준이 여러 개일 수는 없으므로 기준이 정해졌는데, 그 내용은 중산층 남성이었다. 보편성을 적용할 수 있는 조건이 사람마다 다르다는 사실을 깨닫는 데는 오랜 시간이 걸리지 않았다. 지금 한국 사회의 '수저' 논란처럼, 기회의 평등은 조건의 불평등 앞에서 의미가 없다. 계급, 인종, 젠더 따위가 우리를 보편의 영역에 입장하지 못하게 한다.

그래서 대안으로 등장한 것이 여러 가지 버전, 즉 '다양성(poly/versal)'이다. 일상생활이나 정치적 발언에서 다양성처럼 듣기 좋고 부담 없는 단어도 없을 것이다. 한마디로 말해 논쟁을 덮어버리는 도구다. "너는 너고, 나는 나다" "우리는 단지, 다를 뿐이야!" 세련된 탈정치 방식이다. 문제는 각각의 다양성이 평등하지 않다는 데 있다. '다문화 가족'은 다양성이 차별로 전락한 전형적 사례다. 유색인종이나 동성애자에게 보이는 "다양성을 존중하자" "개인의 선택이다"라는 식의 태도는 문제의 본질을 왜곡한다. 관용, 배려는 스스로 우월한 위치를 설정하고 방관하는 태도를 말한다. 진정 동성애자를 '위한다면' 공부하면 된다.

2021년 5월 26일, 문화체육관광부가 관계 부처 합동으로 발표한 〈제1차 문화 다양성 보호 및 증진 기본계획〉(2021~2024)

은 "나는 흑인을 존중한다"고 주장하는 이들로 인해 엉뚱한 오해를 샀다. 문체부는 차별 표현의 사례로 '미망인' '흑형' '결정장애' '틀딱' 따위를 제시했는데, 일부 시민들이 "국가의 언어 사용 규제"라며 이에 항의했다. 물론 전혀 그렇지 않다. 권장 사항일 뿐이다. 심지어 어떤 이는 '흑형(黑兄)'을 두고, '형'은 친근한 우리말이며 흑인을 흑인이라고 부르는 게 뭐가 문제냐고 반발했다. 흑형은 '흑'과 '형'의 아름다운 만남이란다. 그러나 '백형(白兄)'이라는 말은 없다. 백인이 한국인에게 '노란 형'이라고 부르는 것이 다양성인가?

이런 다양성(여러 개) 옹호는 보편성(하나)의 대안이 되지 못한다. '여러 개'의 가치가 각기 다르기 때문이다. 다양성이 평등한 드문 경우로 무지개가 좋은 예이다. 빨주노초파남보는 모두 다른 색이지만 같은 영역(range)에 일종의 스펙트럼처럼 연속선을 이루면서 존재하기 때문이다.

다양성이 말하는 '여러 개'는 평등하지 않다. '여러 개'의 나열이 융합이 아님은 말할 것도 없다.

다양성을 넘어, 새로운 대안이 필요하다

다학제, 융합적 사유의 선두는 여성주의였다. 아니 여성주의 자체가 융합적 사고이다. 여성주의는 여성이 '제2의 성'이라는 사실에 항의하기 이전에, 인간을 왜 남녀로 왜 구분하는지에 관한 의문, 즉 차이에 관한 절실한 문제 제기에서 시작되었다. 여성은 오래전부터 인간의 범주에서 제외되어 왔기에 언제나 보편성 적용의 첫 번째 탈락자였다. 현대 인문학의 핵심은 차이에 대한 논쟁이다. 이를 논한 데리다, 푸코, 들뢰즈 등은 '석학'으로 등극했지만, 그들 모두 여성주의에 빚지고 있다.

당연히 하나의 기준(uni/versal)이나 다양한 기준(poly/versal)으로는 문제가 해결되지 않는다. 그래서 '하나'와 '여러 개'를 극복하는 융합으로서 횡단의 정치(trans/versal), 연대의 정치(coalition), 유목적 사유(과정적 사유)가 등장했다. 이것이 융합이다. 니라 유발 데이비스, 퍼트리샤 힐 콜린스, 로지 브라이도티가 대표적인 학자들인데 모두 페미니스트이다(이들의 책은 국내에 번역, 출간되어 있다).

"통일은 둘이 하나가 되는 것이 아니라 하나가 여럿이 되는 것이다"(둘은 적대적 공존이라는, 통치 세력 간의 '하나'된 상태를 말한다)는 한국 현대사에 기록될 명언이다. 1984년에 창립된 여성 운동 단체 '또 하나의 문화'가 외쳤던 이 주장을 생각하면 지금의 여성주의 언어는 후퇴했다. '또 하나의 문화'의 영어 표기(Alternative Culture)에서 보듯, '또 하나'는 다양성 중의 하나가 아니라 대안이라는 의미다.

모든 지식이 저절로 진화하는 것은 아니다. 사회적 노력이 없으면 보수 이데올로기로 전락한다. 그래서 나는 보수의 반대말이 공부라고 생각한다. '진보'도 공부하지 않으면 보수적, 방어적이 된다.

분단 체제는 단순히 국토가 남북으로(둘로) 갈라진 상태가 아니라 적대적 공존이라는 하나의 강고한 통치 시스템이다. 그러므로 통일은 둘이 하나가 되는 것이 아니다. 하나라는 기존의 거대한 뭉치가 해체됨으로써 내부의 여러 개가 드러나는 새로운 사회다.

최근 송혁기 교수는 융합의 필요와 우려를 다음과 같이 지적했다. "융합이라는 화두가 자칫 주체를 확보하지 못한 채 흐름에 휩쓸려, 여기저기 기웃거리기만 하는 세태를 조장하는 것은 아닌지 돌아볼 일이다."(《경향신문》 2021. 6. 2., "융합이라는 화두") 누구나 공감할 만한 내용이다. 대개 자기 분야를 확실히 안 '다음에' 융합을 이루어야 한다고 생각한다. 나 역시 부분적으로 동의한다.

그러나 내가 생각하는 자기 분야는 특정 학문이라기보다는 현실이 필요로 하는 정치적 입장, 새로운 가치관이다. 나의 질문, 융합의 질문은 이것이다. '자기 분야'란 무엇인가, 자기 분야의 내부는 동질적인가, 자기 분야는 어떻게 '자기'를 구성해 왔는가. 하나('자기 분야')는 무엇을 취하고 버리면서 만들어졌는가. 그 과정을 밝히는 실천이 공부 방법으로서 융합이다.

복잡한 것을 복잡하게 생각하기

새로운 말이 필요한 이유

비슷한 내용의 신문 기사를 한꺼번에 여럿 접할 때가 있다. "조국, 윤미향, 박원순 사건은 진보 개념을 재구성하는 계기가 되었다"는 경우가 대표적이다. 대다수 사람들이 위 사건들을 일부 검찰과 일부 보수 언론의 음모거나 진보 자체의 문제로 생각하는 것 같다. 나는 세 사건의 일반화가 이 사건들만큼이나 문제라고 생각한다. 보수 세력은 사건을 '꾸민' 이들이 아니라 한국 사회 문제의 일부이다. 그들을 자신들이 살아온 방식대로 살아갈 뿐이다.

세 사건은 배경도 다르고, 사실 여부도 규명되지 않았다. 아니, 규명할 수 없다. 예를 들어 박원순 전 서울시장이 가해자가 아니라는 얘기가 아니다. 모두 사회적 합의가 불가능한 사건이라는 점에서 사실을 규명할 수 없다는 의미다.

융합은 왜, 지금 대화가 필요한가에 관해 질문을 던지는 것이지, 대화 자체를 추구하는 것이 아니다. 사건의 어느 부분에 관심을 가질 것인가, 착목(着目) 지점을 둘러싼 판단을 내리는 것이 문제의식이요, 융합의 시작이다. 이제까지의 인식으로는 이해할 수 없는 현실이 등장했을 때 우리는 원인을 찾는다. 원인이 있어서가 아니라 그래야 덜 불안하기 때문이다.

2016년 서울시 강남역 인근에서 일어난 여성 살해 사건 이후 '놀라운 일'들이 일상적으로 등장하고 있다. 이를 반영한 말이 "실화냐?"가 아닐까. 설명할 수 없는 일들은 문명사에 늘 있어 왔지만 글로벌 자본주의와 매체의 폭발이 상호 작용하면서 이제는 뉴스로부터 내 몸을 보호해야 할 지경에 이르렀다. 지금 우리에게 필요한 것은 많은 정보를 아는 것이 아니라 생각하고 쓰는 능력이다.

다른 사건, 같은 결론

다른 사건인데 결론이 같다면, 왜 지식이 필요하겠는가. 이 글의 요지는 세 사건이 완전히 다르다는 것이다. 많은 이들이 조국 교수, 군 위안부 운동 논란, 박원순 전 서울시장 사건에 대해 어떻게 생각하느냐, 논란이 모두 사실이냐는 질문 혹은 사상 검증에 버금가는 취조를 받았을 것이다. 의견이 다른 이들로부터 사회 운동 은퇴 압력을 받은 이들도 있었다.

서울시장 사건과 관련해서는 "발언하지 않을 권리는 없다"는 주장도 있었다. 수긍할 만한 얘기다. 우리는 말해야 한다. 다만 새로운 언어, 혹은 새로운 언어에 이르는 고뇌를 말해야 한다. 어떤 주장에도 반례와 모순이 있다는 것을 인정하고, 이를 인식의 동력으로 삼아야 한다. 나 역시 할 말이 많았지만 '표현의 자유'도, 용기도 없었다. 이런 상황이 병이 되어 코로나, 물난리와 더불어 답답하고 우울한 이들이 나뿐만은 아닐 것이다.

세 사건에 대해 여론은 사건 자체의 개별적 성격이 아니라 진영 논리 둘로 나뉘었다. 누구나 둘 중 하나에 속해야 했고, 사안에 답하면 "당신, 그런 사람이었구나"로 귀결되었다. 예전에 국가보안법이 있었다면, 지금은 국가보안법과 시민들의 자발적 상호 검문이 있다. "나도 피해자다, 나는 피해자 편이다" 외에는 '보충 의견'조차 비난받는 경우가 다반사다.

세 사건을 동일하게 보는 것은 환원주의(reductionism, 還元主義)의 대표적 사례다. 환원주의를 우리말로 옮긴다면, 모든 문제가 하나의 출구로 빠지는 '깔때기(수렴) 이론' 혹은 '돌고 돌아 언제나 제자리'쯤 될 것이다. 환원주의는 하나의 잣대로 세상을 평정한다. 인간이 겪는 문제는 모두 계급 문제, 젠더 문제, 분단 문제, 언론 문제, 교육 문제, 부동산 문제, 기후 문제, 인성 문제……라는 식의 논리다. 초기 마르크스주의와 일부 페미니즘도 환원주의였고, 이는 변화하지 않는 모든 지식에서 피할 수 없는 경향이다.

애초 환원주의는 근대 자연과학의 시작이었다. 근대에 이르러 인간은 무지의 영역을 '신의 뜻' '운명'으로 보지 않고, 특정한 유형을 추적하고 가정(假定)하며 주된 작동 원리(모순)를 고안하기 시작했다. 근대 과학의 토대가 된 환원주의는 요소(要素/要所)라는 개념을 만들어 이를 기반 삼아 각 분야에서 수많은 지식을 생산했다.

하지만 세상은 복잡한 법. 인간사는 합리적이지 않고 법칙대로 움직이지도 않는다. 한 가지 시각으로는 문제를 파악할 수도 없고, 해결할 수도 없다. 아니, '해결' 자체가 존재하지 않는다. 무엇이 해결인가? 피해의 기억은 투쟁을 통해 재해석할 수 있지만, 이전 상태로 돌아갈 수는 없다. 그나마 자기 갱신만이 해결에 가까울 뿐이다.

융합은 새로운 지식의 생산이다

서양사의 시각에서 보면 르네상스와 산업 혁명을 거쳐 인간은 역사상 최초로 앎의 주체로 등장했다. 문제는 이때 인간의 기준이 백인 남성 중산층이었다는 점과 자연 파괴가 뒤따랐다는 점이다. 이러한 지식의 한계와 위험성은 페미니즘과 탈식민주의, 생태주의를 선두로 하여 재구성되기 시작했다. 이 사유들은 기존의 지식이 틀렸다기보다는 현실을 설명하는 데 부적절하며, 특히 인간이 당하는 억압과 차별을 정당화한다고 주장한다.

이처럼 근대적 지식을 성찰하는 과정에서 많은 아이디어가 등장했고, 융합도 그중 하나다. 영어에서 변화를 뜻하는 '트랜스(trans~)'라는 접두사는 자동차가 로봇으로 변신하는 영화 〈트랜스포머〉처럼 극적이진 않지만, 다른 물체가 됨을 의미한다. 융합과 가장 비슷한 어구는 '유목적 지식' 혹은 맥락에 맞는 '상황적 지식'이다. 융합은 기존의 이론을 현실에 적용하는 것이 아니라 현실로부터 다른 개념을 만들어내는 것이다. 이 것이 문예창작학과에서 말하는 '크리에이티브 라이팅(creative writing)'이다.

한국 사회에서는 진보와 보수가 따로 존재할 수 없다. 식민 지배와 분단으로 인해 정상적인 근대성을 경험하지 못했다는 인식이 지배적인 사회에서, 진보와 보수는 구분되지 않는다. 다만 '정상 국가' 건설 방법에 이견이 있을 뿐이다. 각 정당의 정책에 차이도 크지 않을뿐더러 차이가 있어도 실현되지 않는다.

무엇을 기준으로 진보와 보수를 나눈단 말인가. 반북? 반미? 많은 진보 인사들이 자녀를 미국에서 교육시키는 것을 보면, 미국을 아주 싫어하는 것 같지는 않다. 지역 차별, 서울 중심주의, 학벌주의, 성차별은 확실한 공통점이다.

그렇다면 앞서 말한 세 사건의 차이는 무엇인가? 조국 교수 사건은 중산층 부부의 성별 분업의 전형을 보여준다. 정경심 교수는 여성 지식인이라기보다는 가족의 번영이라는 성 역할에 충실했던 것 같다. 그러나 조국 교수 가족은 그들의 잘못에 비해 지나친 사회적 처벌을 받았다. 이는 개인의 피해로 끝나지 않고, 격렬하지만 의미 없는 사회적 갈등을 낳았다.

전 서울시장이 저지른 것 같은 권력형 성범죄는 어느 조직에나 있다. 동성 간에도 있다. 놀랍지도 않고 새롭지도 않다. 하지만 이 사건은 중요하다. 가부장제 사회에서 여성에 대한 폭력(gender-based violence)은 다른 범죄와 달리, 피해의 '경중'이 아니라 가해자의 사회적 지위에 따라 사건 해석이 좌우된다. 조직 내 성별화된 권력 문제가 아니라 남성들 간의 정쟁으로 여겨진다.

이번 사건도 가해 남성의 삶과 지위가 초미의 관심사였다. 어떤 인간의 삶도 한 가지 사건으로 환원될 수는 없듯이 어떤 사건도 특정 개인만의 문제로 환원될 수 없다. 남성 사회는 필요에 따라 피해자 혹은 가해자에게(만) 지나친 관심을 갖는다. 관심의 성격도 "숭고한 피해 여성, 아까운 남성, 인간 이하의 남성"처럼 임의적이다.

군 위안부 운동을 규율하고 작동시키는 힘은 여전히 한일 관계고, 이는 2000년대 이후 신애국주의로 더욱 힘을 얻게 되었다. '독도'와 '위안부'는 다른 이슈다. '우리'는 논쟁하지 않았다. 군 위안부 운동 논란의 쟁점인 '돈, 피해자, 조직, 역사 쓰기……' 전반에 걸쳐 비위(非違) 제보가 넘쳤는데도 명백한 사실조차 발설이 금기시되었다. 금기란 무엇인가. 간단하다. 아무도! 그 영역에 들어갈 수 없다는 얘기다.

중산층 가족의 계급 재생산, 남성 세력 간의 갈등으로 변질된 여성에 대한 폭력, 여전한 일본관. 세 사건은 한국 사회를 파악하는 새로운 지식 생산의 계기가 되어야 한다.

모두가 억울한 '내 나이'

나이, 계급, 젠더가 뒤엉킬 때

만물은 그냥 두어도 공기와 작용하여 다른 물질이 된다. 합하면 기존의 것은 사라지기 마련이다. 해체는 곧 융합이다. 양파는 썰 때 눈물이 날 만큼 맵지만, 열을 가하면 가장 캐러멜화가 잘 되는 채소다. 양파와 열의 융합은 기존의 양파를 해체한다. 이처럼 해체는 사라짐이 아니라 새로운 탄생이다. 끝이 곧시작인 이유다.

construction(건설)처럼 건설이 곧 파괴(해체)임을 잘 보여주는 난어도 없다. 건설과 파괴는 '공사 중(工事中, under construction)'처럼 동시에 일어나는 상황이다. "매사를 부정적으로 생각하지 말고 건설적으로 생각하라"는 동어반복이다. 건설적 사고는 파괴를 기반으로 하는 창의적 사유이기 때문이다.

사회 변화는 지식의 재해석에서 시작한다. 재해석은 기존의 의미를 해체함으로써 의미를 생산, 확대, 다양화하는 과정이다. 크게 두 가지 방식이 있다. 개념 내부의 차이를 드러내거나 개념을 다른 시각에서 보는 것이다. 이것이 창조로서 융합이다. 전자의 대표적 예로, 근대에 탄생하여 '우리는 하나(unit)'라는 의미로 자리 잡은 '국민'을 들 수 있다. 국민은 계급, 젠더, 지역 따위로 분열되어 있지만, 통치 세력은 국가라는 이름으로 국민 내부의 차별을 봉합한다. 국민 국가(nation state)는 존재할 수 없으므로, 이를 지속하려면 '국뽕'(내셔널리즘)이 필요한 것이다.

후자는 어느 관점에서 보느냐에 따라 개념이 달라지는 경우다. 인식자의 위치성은 의미를 교란한다. '지방 문제'는 이상한 말이다. 이때 서울은 문제가 없는 곳이 된다. 그러나 서울 중심주의를 벗어나면 서울처럼 문제가 많은 지역도 없다.

나이와 세대 갈등은 무관

386 세대, X 세대, MZ 세대의 내부는 동일하지 않다. 그런데 이들을 나이별로 구획하여 집단화하는 '요즘 애들' '꼰대' '586 기득권' "라떼는 말이야"와 같은 일상어는 진짜 문제를 은폐하고 소모적인 갈등을 만들어낸다. 386, 엑스 세대, 엠제트 세대는 실재하는가? "나는 X세대다"는 광고 문구인가, 자기 선언인가? 나이와 연령주의(ageism)는 다르다. 후자는 차별이므로 맞

서 투쟁해야 한다. 그러나 지금 세대 갈등은 연령주의로 인한 것이 아니다.

만성적 실업, 고령화 시대, 정보 통신 기술과 매체 접근성 따위를 둘러싸고 최근 들어 한국인들은 나이로 인해 모두가 억울하다. 자기 나이를 수용하지 못한다. 젊은이는 진로와 취업 문제로 괴롭고, 중장년과 노인들은 나이 들어 서럽다. 오십 살도, 스물다섯 살도 미래가 불안하다고 호소한다. "이 나이 되도록 무엇을 했는가" 하는 자책과 회한도 나이를 가리지 않는다. 게다가 서로 다른 세대를 불편해하고 존중하지 않는다. "요즘 애들은 버릇이 없어"라는 말은 고대부터 있었다고 하지만, 근대에 이르러 연장자 개념이 변화하면서 "시대에 뒤처진 뒷방 노인"이 추가되어 노소(老少)는 갈등의 대칭을 이루었다.

나이가 어려도 차별받고 많아도 차별받는다. 그러니 나이 자체가 차별이라고 느끼기 쉽다. 하지만 나이는 숫자이기도 하고 아니기도 하다. 나이는 인간의 조건인 사회적 삶과 생로병사라는 자연의 이치가 동시에 작동하는 영역이다. 승부는 뻔하다. 스무 살부터 노화가 진행되고, 질병과 죽음은 인간의 운명이다.

나이는 다른 차별과 반드시 얽힌다. 특히 성별에 따라 나이 듦의 의미가 크게 달라진다. 여성은 여전히 '몸', 외모로 평가받는다. 그리고 직업군에 따라 성별과 나이의 결합은 경력을 좌우한다. 지금은 많이 변화했지만 배우인 여성들이 대표적이다. 나이와 계급이 결합할 때, 높은 계급이면 지식인이나 정치인이라 불리지 '노인'이라 불리지 않는다. 그러니 2021년의 한 사건처럼, "나이 먹고 돈이나 빌리러 다니냐"라는 한마디에 살인 사건이 발생하는 것이다.

세대 내부의 차이

일반적으로 사회과학에서 말하는 구조적 모순은 지배/피지배 관계와 자원을 둘러싼 권력관계를 뜻한다. 대표적인 '주요 모순'은 계급, 인종, 젠더(성별 제도)다. 장애, 지역, 민족, 외모, 학벌도 큰 모순이다. 한국은 계급(유화적인 표현으로 계층)이 교육, 부동산 문제와 얽힌 주요한 문제다. 빈부 격차, 양극화가 그것이다. 이제는 건강과 노화도 계급에 따라 좌우된다.

한국 사회는 인종은 남의 나라 일로 생각하고, 젠더는 여전히 정치가 아닌 부차적인 것으로 취급한다. 물론 극히 잘못된 인식이다. 한국에는 명백히 이주노동자 문제가 존재하며 수도권 중심주의, 외모주의, 학벌주의가 일종의 인종 차별과 신분주의로 작동한다. 젠더는 사소한 문제로 인식되지만 실은 젠더 없이 계급은 작동할 수 없다. 그 반대도 마찬가지지만, 기원은 젠더다(엥겔스, 《가족, 사유재산, 국가의 기원》). 인류학의 주요 개념인 친족(kinship)도 사회 구성 원리를 설명하기 위한 것이다.

세대 갈등(葛藤)과 사회적 모순은 다르다. 모순(矛盾)은 말 그대로 창과 방패의 승부다. 둘 중 하나는 힘을 잃는, 기울어진 결과를 전제한다. 세대(世代, generation)는 본디 근대 가족 제도에서 부모와 자식 세대의 나이 차를 말한다. 그래서 한 세대는 자녀가 자립하는 데 걸리는 시간까지 30년을 의미한다.

지난 1~2세기는 인류에게 격동의 시기였고, 한국 사회는 더욱 그랬다. 아니, 이 역시 나의 자민족 중심주의에서 비롯된 생각인지 모른다. 얼마나 많은 '제3세계' 국가들이 기가 막히는 일을 겪었는지 우리는 잘 모른다. 어쨌든 좋은 의미든 나쁜 의미든 불과 몇 년마다 사회 환경이 급변한다. 구한말 혼란기, 일제 강점기, 해방, 미군정, 한국 전쟁, 그 사이 7년 7개월의 4·3 사건, 쿠데타, 박정희 사망, 광주 민주화 운동, 1987년 체제, 신자유주의 시대의 실업, 과학 기술의 발전, 저출생, 고령화, 코로나, 기후 위기……

각 시대를 산 경험은 다를 수밖에 없다. 나는 '혼밥'이 혼식(混食)인 줄 알았다. 쌀이 부족했던 1970년대, 잡곡을 섞은 혼식은 국가 정책이었다. 잡곡 도시락 검사와 교사의 체벌을 받은 세대에게 혼밥은 번역이 필요한 단어다. 이는 나이에 따른 시대 경험의 차이일 뿐이지, 사회적 모순으로서 세대 문제는 아니다.

세대 갈등을 원하는 세력은 소수 특정 인물을 과잉 재현한다. '386'이 대표적인데, 주로 '진보 기득권 세력'을 비판할 때

쓰인다('386'은 〈조선일보〉에서 처음 사용했다). 당시 학생 운동에 참여했더라도 지방대생, 전문대생, 여학생의 경험은 천차만별이었고, 386세대로 호명되는 이들 외에도 1980년대 사회 운동의 분위기 속에서 옥고를 치른 사람, 자살이나 의문사로 세상을 떠난 사람, 강제 징집 피해자도 많다. 지금의 50대는 전두환 정권의 피해자였거나 보통 국민인 경우가 대다수다.

MZ 세대? 산업 재해로 사망한 열아홉 살 노동자와 기사 "젊은 판사들 '7시 이후엔 일 못해' 부장판사에 '일격', 서초동도 MZ 태풍"(〈동아일보〉, 2021. 7. 31.) 속 '젊은 판사들'은 같은 MZ 세대이다. 20대의 처지가 이렇게 다른데, 이들을 동질적 집단으로 묶을 수 있는가.

지금 세대 갈등이라고 불리는 현상은 청년과 중년의 갈등이 아니라 계급 문제다. 20대는 어떤 부모를 두었는가에 따라 계급이 달라진다. 세대 갈등의 실상은 '부모가 가난한 젊은이' 대 '50대 부자'의 싸움이다. 전문직이나 부동산 부자 빼고는 대부분 50대 국민은 나이 들수록 취업 기회, 자신감, 건강 같은 자원을 잃고 가난해진다. 그러므로 세대 갈등은 어리석다. 나이와 관계없이 가난한 사람들끼리 연대해야 한다.

나이 듦 자체의 특징은 있다. 나이 들수록 보수적으로 변하는 이유는 체력과 시간 때문이다. 도전의 후유증을 회복할 만한 남은 시간이 짧기 때문이다. 나는 〈한겨레〉 김은형 기자의 "너도 늦는다" 칼럼 애독자인데, 일단 제목이 세대 문제의 본질을 요약한다. 한번은 칼럼에서 "노년의 연인들은 모두 뭔가를 잃어버린 적이 있으며, 그들은 이제 모든 것이 완벽하기를 기대하지 않는다"라는 문장을 인용했다. 이 글귀는 모든 '어른'이 다다를 수 있는 경지가 아니다. 대개는 나이가 들면 조건은 나빠지는데 욕심만 많아진다. 나이와 인간적 성숙은 별개다.

실업, 기후 위기에 시달리고 미세 플라스틱이 몸에 축적되는 시대에 아마존의 제프 베이조스나 엄청난 부자를 제외하곤 나이 불문하고 모두가 경제적으로 불안하고 '더워서 미칠 지경이다'. 그러니 누가 더 억울한가를 두고 경쟁하지 말자. '적'은 따로 있다. 나는 조금은 비굴한 태도로 젊은이들에게 부탁한다. 당신들은 시간이 있지 않은가. 그 시간을 소중히 여기라는 애정 어린 조언을 잊지 말라. 나이 들었다고 모두 '설명충'은 아니다. 당신들이 적대해야 할 이들은 청년층의 '취업'을 '시간당 최저임금' 논의로 변질시킨 정치인과 자본가들이다. 사회 변화를 원하진 않으면서 당신들에게 아부하는 이들을 믿지 말라.

우리는 각자 나이를 감당해야 한다. 하지만 가난하고 나이 든 이들, 즉 자본주의 사회에서 쓸모없다고 간주되는 이들을 존중하자. 이것이 공정이다.

환원주의, 매력적인 깔때기 이론

모든 이슈에 젠더가 동원되는 이유

융합과 가장 상반되는 사고방식을 꼽으라면 환원주의(還元主義)가 대표적일 것이다. 변화무쌍한 현실을 한 가지 원리로 설명하려는 단순 논리다. 언제부터인가 한국인들의 대화는 "하여간 언론이 제일 문제야"로 끝나는 경우가 많아졌다. 나 역시 이런 식의 발언을 많이 한다. "한국은 서울 중심주의가 제일 문제야. 계급, 젠더, 부동산 문제도 다 수도권 집중 때문이야."

이른바 '깔때기 언설'인 환원주의는 만사의 원인이 한 가지라는 얘기다. 환원주의는 바람직하지 않은 사고방식이지만 한편으론 생각할 필요가 없으니 편하고 '매력적'이다. 여성주의나 마르크스주의 내부에는 다양한 이론이 있지만, 처음 접할 때는 환원주의에 빠지기 쉽다. 환원주의는 동어반복의 논리인데 제도권이나 주류의 탄압을 받을 때, 환원주의적인 경향이 더욱 강고해진다.

　융합은 환원주의와 반대의 길을 간다. 환원주의가 멈춤이라면 융합은 지속적인 이동, 재해석이다. 재해석은 창의력의 발판이고, 창의력이 필요한 이유는 더 나은 사회를 만들기 위해서다. 융합 능력, 즉 '공부를 잘하는 방법'은 기존의 언어를 어떻게 재구성하느냐에 달려 있다. 다른 앎과 만나 혼란을 느끼면서 기존 개념에 의문을 품고, 차이와 경계의 기준을 재설정해서 '지금, 여기'에 존재하는 사안의 성격을 파악할 수 있어야 한다. 환원주의는 이런 과정이 필요 없다. 현실을 자신이 믿는 공식에 끼워 맞추고, 그것이 옳다고 주장하면 끝이다. '적용'으로 인식되기도 한다. 문제는 현실이 언제나 움직인다는 사실이다.

　융합 능력을 갖추려면 지식, 가치관, 판단력이 바탕이 되어야 하지만 이는 기존의 학력(學歷) 개념이 아니다. '자기 분야'는 살아온 여정 그 자체이며 전공이나 전문 분야에 국한되지 않는다. 그래서 누구나 융합적 사유를 할 수 있고, 또 해야 한다. 소통 능력이 유난히 떨어지는 이들이 있다. 생각하지 않는 이들은 떠오르는 대로 말하는데, 이는 사회가 정해준 원칙대로만 살기 때문이다. 자신이 만들어 가는 갱신의 원칙이 있고, 정체된 통념으로서의 원칙이 있다.

　'위대한 창조'를 위해서가 아니더라도 융합이 필요한 이유는 세상사 성격이 매번 다르기 때문이다. 모든 문제가 계급이나 젠더 때문에 생기는 게 아니기도 하고 특히 한 가지 요소로 설명할 수 있는 현실은 없다. 거대 이론이 원칙으로 강요될 때, 지식은 생산되지 않는다. 현실 사회주의의 실패나 국가보안법이 그 사례다. 지식이 생산되지 않을 때 가장 이득을 보는 이들은 기득권층이고, 고통받는 이들은 새로운 현실에 대처할 수 없는 약자들이다.

융합(融合)과 통섭(通攝)은 어감 때문에 '더하다, 만난다, 통한다'는 이미지가 강하다. 그러나 구획(區劃), 분리, 절단도 융합이다. 융합 방식은 맥락에 따라 합하거나 분리하는 것이지, 무조건적 만남이 아니다. 합하는 과정에서도 분별(分/別)이 필수적이다. 구분(區分)이 융합의 핵심인 이유다.

똑같은 성격의 세상사는 없어

사건의 기본 성격을 파악하는 일은 공동체의 생존이 달린 중대한 문제다. 특히 '뉴스의 홍수' 시대에는 무엇을 의제로 삼는지에 따라 많은 사람의 삶이 영향을 받는다. 제대로 판단하지 않으면 해결해야 할 진짜 문제는 잊고 '덤 앤 더머'식 대화만 지속하다가 인간관계 파괴, 불신만 남게 된다.

최근 몇 년간 "이게 실화인가" "세상이 미쳐 돌아가네" 같은 놀라움과 한탄이 빈번했다. 그중 하나가 20대와 30대를 중심으로 제기된 젠더 이슈가 아닐까 생각한다. 정확히 말하면 젠더가 논의되는 방식이다. 사안에 따라 젠더 문제일 수도 아닐 수도 있는데, 모두 '여혐, 남혐'으로 몰고 간다. 남성은 남성대로, 여성은 여성대로 서로 "말이 안 된다"고 주장한다. 나 역시 '시민'의 한 사람으로서 매일 놀란다. 일단 여성에 대한 차별과 폭력이 젠더 갈등, 젠더 전쟁으로 미화되고 있다.

최근 세 가지 뉴스가 있었다. 여성 운동선수의 짧은 머리 논란, 김건희 씨의 과거사를 그린 벽화, 그리고 윤석열 씨 결혼을 에마뉘엘 마크롱 프랑스 대통령의 결혼과 비교한 일이다. 마지막 경우는 상대적으로 덜 알려졌지만, 내게는 큰 충격이었다. 세 사건은 성격이 다르다. 그러나 여론은 모두 여성 혐오로 수렴되었다. "여성 혐오다" "아니다, 여성들이 먼저 남성 혐오를 시작했다" "여성 혐오를 중지하자"…….

한자의 '혐(嫌)' 자체에 '계집 녀(女)'를 포함하고 있다. 한자를 비롯해 거의 모든 언어에서 부정적인 의미는 여성성과 연결된다. 여성 혐오는 언어의 기본 구성 원리다. 나는 영어 미소지니(miso+gyny)의 번역어가 '여성 혐오'가 된 것만큼 한국 사회를 후퇴시킨 경우를 알지 못한다. 나는 '여성 혐오'는 필연적으로 '남성 혐오'라는 어불성설을 초래한다고 여러 차례 주장해왔다. 일본어에서는 번역하지 않고 그냥 'ミソジニー'라고 표기한다.

문명은 여성의 타자화로부터 시작되었다. 남성을 인간의 대표로 만들기 위해 다른 인간은 배제되어야 했다. 겉보기에 남성과 다른 존재, 타자(the others)가 필요했고 '바로 옆에 있는' 대상인 여성이 가장 적합했다. 백인과 유색인종, 장애인과 비장애인의 관계가 대칭을 이루지 않는 것처럼 남성과 여성도 대칭적이지 않다. 단지 가부장제가 인간을 남녀로 구분했기 때문에 여성이 인구의 반이라는 현실이 만들어졌을 뿐이다. 타자 중에서 가장 큰 집단이기에 대칭적으로 보이기 쉽다.

문제 은폐를 위한 혐오설

여성에 대한 비난을 여성 혐오로만 설명하는 현상은 바람직하지 않다. 이전에 '비해' 성별보다 개인의 능력이 중시되는 신자유주의 시대이기에 현상을 다양한 맥락에서 파악해야 한다. 최근 개인의 노력으로 사회적 성취를 이룬 일부 여성들이 과잉 재현되고 여성의 목소리가 겨우 드러나기 시작한 현상이, 남성을 미워하고 증오하는 행동으로 인식되고 있다. 그렇다면 남성을 미워하지 않는 행동은 어떤 행동인가? 국가 대표 선수가 졸전을 펼치는 것? 심지어 "페미니스트=범죄자"라고 주장하는 이들 때문에 해당 선수의 메달 박탈까지 언급되었다(메달 박탈 여부는 한국 정부가 아니라 국제올림픽위원회IOC에서 결정할 일이다).

이 사건은 젠더 문제처럼 보이지만, 그것만은 아니다. 반례가 수없이 많다. 짧은 머리를 하고 세월호 배지를 달았더라도, 나이 든 평범한 여성에게는 이런 일이 일어나지 않는다. 왜일까.

김건희 씨 벽화 사건에서 문제 삼아야 할 것은 그의 과거 자체가 아니라 그 과거의 성격이다. 윤 씨 부부의 탄생은 검찰의 부끄러운 역사의 결과다. 검사들이 더 잘 알 것이다. 그래서 두 사람은 '중요하다'. 검찰 문제를 다루는데 왜 배우자 여성의 섹슈얼리티를 들먹이며 비난하거나 반대로 개방적인 척하는가. 윤 씨 측근의 물타기인가, 진보 진영의 무지인가. 어쨌든 결과적으로 검찰 문제는 은폐되었다. 위 두 가지 사안은 복잡한 현실을 젠더로 은폐하거나 젠더 문제처럼 보이게 만드는 데 성공했다. 젠더만 동원된 것이다.

이 난장판을 한 번에 '정리'한 이는 윤석열 캠프의 대외협력 특보를 맡고 있던 김경진 전 의원이다. 그는 윤석열 씨의 결혼을 마크롱 프랑스 대통령의 결혼과 동급으로 비교했다. "마크롱 대통령은 배우자가 25세 연상" "고등학교 선생님과 길게 사귀다가 이혼시키고 본인이 결혼했다"며, 프랑스 사례가 부족했던지 영국 사례도 덧붙였다. "영국 존슨 수상은 두 번째 부인하고 살고 있다가 그사이 다른 분하고 사귀면서 세 번째 결혼을 했다." 솔직히 나는 그의 말을 못 알아들었다.

마크롱 대통령은 가부장제 사회에서 연상-연하의 기준을 바꾼 경우다. 이성애 중심의 사회에서 결혼의 성격은 성매매부터 파트너십까지 다양하지만 동시에 연속선을 이룬다. 자원이 많은 남성을 중심에 두고 나머지 사람들이 배치된다. 남성 혐오는 불가능한 개념이지만, 가능하다고 해도 멋진 남자 배우나 좋은 영향력을 행사하는 남성 유명 인사에 대한 혐오감을 조직하는 세력은 없다.

남녀의 나이 차이는 여러 가지를 의미한다. 성차별 사회에서 남성의 매력은 돈과 권력이고, 여성의 매력은 여전히 외모와 젊음으로 간주된다. 매릴린 먼로를 비롯해 총 세 명의 여성과 결혼한 경력이 있는 미국 작가 아서 밀러는 자기보다 55세 어린 여성과 소개팅을 추진했다. 당시 밀러를 소개받은 상대 여성은 이렇게 말했다고 한다. "솔직히 말하면 아서 밀러가 아직 살아 있는 줄 몰랐어요!"

윤석열과 마크롱의 경우가 같다는 주장을 어떻게 해석해야 할까. 모든 남성이 김경진 씨와 같은 의견은 아닐 것이다. 그러나 '비중 있는 인사'가 이런 발언을 할 수 있는 사회 분위기가 놀랍다. 그는 윤석열, 마크롱, 존슨의 결혼이 모두 같다고 생각한다. 다부종사(多夫從事)든 다부종사(多婦從事)든 남녀 모두 여러 번 결혼해도 된다며 자유로운 영혼을 옹호하는 것인지, 반대로 모두 '불륜이고 비정상'이니 윤석열 씨만 문제 삼지 말라는 주장인지 모르겠다.

짧은 머리 여성과 김건희 씨를 향한 비난을 여성 혐오라고 보는 것은 환원주의지만, 세 남성의 결혼의 성격이 같다는 주장은 환원주의에도 미달한다. 성차별주의 같은 '쉬운 지배 이데올로기'도 실천할 줄 모르는 분별력이 없는 경우다. 말로 인해 화(禍)를 부르거나 웃음거리로 전락하는 일을 면하는 방법은 침묵뿐이지만, 침묵 여부를 결정하는 일도 판단 능력이 있어야 가능하다.

4장

고정된 프레임을
넘어서

꿀 한 통을 얻으려면
지구가 필요하다

태초에 꽃, 꿀, 벌이 있었다

나의 글쓰기는 기존의 개념에서 출발하는 방식이 아니다. 나는 글을 쓸 때 일단 소재에 관한 통념 목록을 최대한 만들어놓고, 그 부분을 소거한 후 그 외의 내용을 쓰려고 노력한다.

이쯤에서 융합에 대한 '요약 정리'가 필요할 것 같다. 한국 사회에서 통용되는 융합의 뜻은 각기 다르다. 개념이 다르다는 의미는, 융합에 접근하는 방식과 이유에 차이가 있다는 뜻이다. 다양한 융합 개념을 세 가지로 정리해본다.

첫째, 융합은 원래부터 앎이 이루어지는 원리였다. 어떤 지식도 홀로 존재할 수 없다. 화학과 화학공학, 정치학과 사회학, 수학과 전산학 같은 '근접 학문'은 말할 것도 없고, 지식은 사회적 산물이기에 모든 앎은 인간─자연─사회와 서로 영향을 주고받는다. 그 상호 작용이 학문의 발전사이다. 지식의 기원은 없다. 그러므로 융합이 무엇인지 따로 질문할 필요가 없다. 지식은 지역, 문화, 사람 사이의 번역이며, 혼종(混種), 혼합(混合)의 산물이기 때문이다.

둘째, 그런데도 우리는 자신이 안다고 생각하는 지식이 어떻게 구성되었는지 모르는 경우가 많다. 그런 의미에서 다른 학문 간 대화와 다학제 연구를 촉구하는 융합이 필요하다. 이견이나 '틀린 말'도 언제나 의미가 있다. 재해석하기 나름이기 때문이다. 요즘은 덜하지만, 자신이 '아버지'로 모시는 인물에 관한 다른 해석을 용납하지 못하는 이들도 많다("감히~"). 이른바 전문가주의지만, 맹목성은 전문가가 될 수 없는 지름길이다. 프로이트(심리학), 베버(사회학), 모겐소(정치학)의 이론도 여러 인용과 참조가 누적된 결과물이며, 지역적 특수성이 반영된 산물인데 이를 경전으로 받들고 현실에 적용하는 것이 공부라고 생각하는 이들이 많다. 이런 이들은 그냥 토머스 쿤의《과학혁명의 구조》를 읽으면 된다.

나 역시 여성주의 이론을 그대로 수용하거나 이론에 모두 동의하지는 않는다. 보부아르, 스피박, 버틀러의 논의는 분단 한국, 식민지 남성성을 설명할 수 없다. 페미니즘은 인류의 '모든 문제를 한 번에 설명하겠다'는 거대 서사에 도전하는 것으로 시작되었다. 자신에게 필요한 지식은 스스로 생산해야 한다. 이것이 사회적 약자에게 필요한 '자기만의 방과 자기만의 언어'다.

셋째, 융합은 위의 두 차원에서 멈추지 않고 반드시 지향과 변화를 추구해야 한다. 정의롭지 않은 지식, 새롭지 않은 융합이 왜 필요하겠는가? 당파성과 가치관이 필수적인 이유는, 모든 앎은 현실의 필요 때문에 만들어졌기 때문이다. 즉 어떤 집단을 위한 융합인지가 핵심이다. 같은 학과에서도 정반대의 입장이 존재한다. 융합은 개별 학문을 넘어서는 가치관의 문제다. 융합의 전제는 지식이 누구에게 봉사하는지에 관한 문제의식이다. 융합은 그 과정도 결과도 지극히 정치적이고 또 그래야만 한다.

요약하면 융합은 원래 존재했고(혼종성, hybridity), 대화가 필요하며(learning), 기존의 지식을 넘어서야 한다(trans~). 물론 세 번째가 가장 중요하다. 경제학의 예를 들어보자.

인류세의 도래

홀로코스트, 사회주의권의 해체(전 지구적 자본주의화), 팬데믹은 지난 백 년간 인류가 만든 가장 결정적인 역사가 아닐까. 제 1·2차 세계대전과 지금도 지속되고 있는 세계 곳곳의 국지전은 이 사건들의 연속이자 그 여파이다. 모두 근대에 이르러 지구의 주인공을 자처한 인간의 의지가 낳은 비극이다.

인간이 자연을 지배하면서 급기야 인류세(人類世)가 도래했다. 1995년 노벨 화학상 수상자인 네덜란드의 파울 크뤼천이 2000년도에 제안한 새로운 지질 시대 '인류세'에는 지난 1만 년 동안 이어진 충적세(沖積世)에 이어 인간의 환경 파괴로 지구의 지질이 변화하고 있다는 주장이 담겨 있다. 지구의 역사를 45억 년으로 추정할 때, 불과 100~200년 만에 인간이 저지른 일이다. 인간의 신체 능력은 다른 동물에 비해 많이 뒤떨어진다. 그런데 어떻게 지구의 지질을 변화시킬 정도의 파괴력을 지니게 되었는가. 생각하는 능력? 도구를 만드는 능력? 아니다. 생각을 잘못한 탓이다.

극단의 빈부 격차와 기후 위기는 돌이킬 수 없는 현실이 되었다. 플라스틱 생수병을 내장에 지닌 채 썩어 가던 물고기가 시장에서 팔리고 있다. 삶의 방식, 문명의 근본적인 전환을 모색하지 않을 수 없다. 그러나 지금 한국 사회의 관심사는 주식, 부동산, 비트코인, '보복 소비'에 있다. 경제학은 왜 필요한가. 한국만큼 경제학이 좁은 의미로 쓰이는 사회도 드물 것이다. 여전히 상당히 많은 대학에서 경제학과는 사회과학대학이 아니라, 상과(商科)대학에 소속되어 경영학과와 비슷하게 인식된다.

본디 경제학(eco/nomics)은 '패러다임'과 비슷한 의미로서 삶의 전반적인 생태계, 체계, 환경을 뜻한다. 프랑스의 정치경제학자 얀 물리에 부탕의 《꽃가루받이 경제학》은 대안적인 글로벌 경제를 제안한다. 사실 그의 이론을 비롯해 많은 경제학 이론은 남성 지식인들이 스스로 인식하든 안 하든 간에, 여성주의의 영향력에서 자유롭지 않다. 1980년대 초반부터 이미 여성주의 경제학은 자본주의를 움직이는 것은 '보이지 않는 손(invisible hands)'이 아니라 인지, 지식, 돌봄, 감정 노동 같은 '보이지 않는 마음(invisible heart)'이라고 주장해 왔다.

부탕의 아이디어도 "보이는 것이 전부는 아니다"라는 명제에서 시작한다. 그는 꿀을 예로 들어 자본주의의 작동 원리를 거꾸로 쓴다. 최종 상품인 꿀과 꿀을 파는 회사의 금융 자산, 상거래 행위 따위가 아니라 최초 생산 과정인 벌의 꽃가루받이 활동을 중심으로 삼아 자본주의를 재해석한다.

기본 소득은 지구 구성원의 권리

꿀벌이 꿀을 생산하려면 꽃가루받이가 필수다. 꽃가루받이는 꿀벌이 꽃가루, 화분(花粉)을 모아서 수술의 꽃밥 속 암술머리로 옮겨주는 일이다. 꽃가루받이는 그 자체로는 생명을 탄생시키지 않지만, 생명이 번식하는 조건을 형성하는 데 크게 기여한다. 생명의 촉진자로서, 꿀을 생산할 뿐 아니라 생명이 탄생하는 데 기여하며 생태계를 순환시킨다. 꽃가루받이는 '사고파는 거래'가 아니라 자연에서 일어나는 다양한 '상호 기여 행위'를 이끌어내는 복합적인 공생 관계를 보여준다. 꿀벌의 꽃가루받이는 채소와 과일 생산의 거의 80퍼센트를 좌우할 만큼 중요하다. 또한 야생 식물의 생식에도 큰 역할을 한다. 다시 말해 꿀이 생산되는 데는 지구 환경의 모든 과정이 필요하고 관련되어 있다.

시오니즘 기업인 네슬레가 꿀 대신 설탕물을 판매한다 해도, 여전히 인류의 모든 활동은 자연에 의존하고 있다. 팬데믹을 '자연의 역습'이라고 하는데, 이 표현은 여전히 자연과 인간을 대립시키는 관점이다. 인간은 자연의 극히 일부분이다. 인간은 자연의 역습을 받을 만큼 대단한 존재가 아니다. 인간이 자연을 정복하든 이용하든 그것은 인간의 생각일 뿐, 자연은 인간과 같은 '급'이 아니다.

경제학은 기업 경영을 '뒷받침하는' 회계(會計)의 일부가 아니다. 경제학을 금융, 실물 경제, 국가 예산 따위로 협소하게 이해하면 일부 경제 전문가처럼 기본 소득을 "악성 포퓰리즘"이라고 비난하게 된다. 아니, 비난 정도가 아니라 진정 걱정하는 듯하다. 극도로 좁은 시야의 경제학은 공동체의 발목을 잡는 데 동원되기 쉽다.

꿀벌의 꽃가루받이 활동은 자연 전체를 포괄하는 경제 활동으로서 그 누구도 지구의 지배자가 되어서는 안 된다는 공생의 원리를 일깨워준다. 여기서 기본 소득의 당위가 나온다. 기본 소득은 지구의 일원이자 환경의 일부로서 누구나 들이마실 수 있는 공기와 같다. 기본 소득은 지구 전체의 긍정적인 상호 작용을 위한 생명 자체의 권리이다. 기본 소득은 자본 중심이 아니라 자연 중심 글로벌주의의 일례다.

대개 기본 소득을 부의 재분배라고 생각하는데, 실은 사회적 관계 속 존재 자체에 대한 대가다. 물론 그 액수는 사회마다, 구성원마다 다를 수 있다. 인간의 경제 활동을 '노동'보다 '기여분'으로 논의하자는 것이다. 기본 소득을 받게 되면 노동을 많이 하는 사람은 손해 본다고 생각하는데, 실상 임금 노동자의 '억울함'은 사회 전체의 부를 나눔으로써 발생하는 것이 아니라 자본가의 횡포, 금융 자본의 '장난'으로 인한 것이다.

물과 기름을 섞는 법

절충은 융합이 아니다

종종 독자의 이메일을 받는다. 그중 신문에 실린 필자 소개 내용을 보고 한 독자가 보내온 글이 인상적이었다. "휴대전화 없이 어떻게 사는지, 요즘은 공중전화도 없는데……." 나는 이 글에 "선생님과 제가 이렇게 메일로 소통하고 있지 않나요?" 라고 답장했다. 그런데 내게 공중전화 문제는 융합을 논하기에 좋은 사례이다. 공중전화가 사라지면서 이제는 스마트폰이 기술 발전의 산물이 아니라 공중전화와 사회적 가치를 두고 경합을 벌여야 할 '문제'로 보이기 때문이다.

전화번호가 주민등록증을 대신한 지 오래다. '전번'이 없으면 통화만 불편한 것이 아니라 교통편 예약부터 통장 개설까지 일상이 불가능하다. 나는 시간 강사로 일할 때 성적 입력을 할 수가 없어서 결국 2G폰을 구입했는데, 사용하지는 않는다. 기기가 아니라 번호를 구매한 것이다. 누구나 휴대전화를 잊고 외출하거나 분실했을 때 '나' 자체가 실종된 듯한 경험을 한 적 있을 것이다. 국가가 무료로 시민증을 발급하던 시대에서, 개인 정보를 독점한 통신 회사에 매달 몇만 원 이상을 내는 세상이 되었다. 이것이 'IT 혁명'이다. 자발적 감시료 납부에 왜 우리는 저항하지 않는가. 공중전화? 일부 시민이 쓰레기를 버리고 배뇨를 하여 공중전화는 흉물이 되거나 사라지고 있다.

휴대전화 관련 메일을 주신 독자도 다소 독특한 분 같다. 내가 휴대전화를 사용하지 않는다고 하면 대개 사람들은 "그러면 어떻게 사나요?"라고 물으며, 내가 불가능한 삶을 사는 양 반응한다. 그러나 이 독자는 짧은 메일에서 공중전화를 여러 번 강조했다. 그는 개인이 각자 가지고 있는 휴대전화와 불특정 다수가 함께 이용하는 공중(公衆)전화를 뚜렷이 대비했다. 이 독자의 관심사는 '비사회적인 인간'인 내가 아니었다. "전화로 통화할 일 있을 때 어떻게 해결하는지 궁금해서 물어봅니다. 예전처럼 공중전화가 많으면 괜찮은데…… 요즘엔 공중전화 찾기가 힘들어서요."라며 전화(電/話) '본래' 기능에 관심이 많았다.

이 독자는 휴대전화와 공중전화의 대등성을 강조했다. 스마트폰이 공중전화를 대체했다고 보는 시각은 발전주의 관점일 뿐, 자명한 사실이 아니다. 기능이 각기 다를 뿐 같은 가치를 지닌 기기이다. '스마트폰 중독자'도 공중전화가 필요할 때가 있지 않은가. 이름을 밝히기 곤란한 제보를 하거나 비밀로 하고 싶은 친밀한 이와 연락할 때처럼. 두 기기가 발전 순서의 전후(前後) 단계라는 생각을 버리면, 둘은 동시대 같은 위상을 지니게 되고 두 기기의 사회적 가치를 두고 논쟁이 가능하다. 지금처럼 움직일 때마다 휴대전화 번호를 요구하는 상황은 소비하지 않을 권리 혹은 '다른 소비를 할 권리'에 대한 심각한 침해다.

게다가 손안의 컴퓨터, 스마트폰은 몸의 확장이다. 기억은 점차 몸에서 기계로 이전되고 있다. 인간의 몸은 어디까지 확장될 것인가? 디지털 성폭력은 단지 부작용일까…… 생각할 거리가 많아진다. 소비 행태가 달라지면 보이지 않았던 세상이 열린다.

절충은 최악의 논리

앞서 말한 대로 융합은 지향이 아니라 방식이다. 융합에 이르는 방식 중에 가장 흔한 방법이 '반대말, 비슷한 말' 공부다. 모든 지식은 다른 지식과의 비교나 대비를 통해 만들어지기 때문이다. 절대로 홀로 성립하는 개념은 없다. 모든 개념은 연결의 법칙이 다를 뿐 연결된다.

예를 들어 근대적 이성 개념이 성립하기 위해서는 그와 반대되는(돋보이게 하는) '감정'의 발명이 필요했다. 동성애 인권 운동이 등장하지 않았더라면 이성애자는 자신의 성 정체성(이성애자)을 깨닫지 못했을 것이다. 장애인의 상대어는 '정상인'이 아니라 비장애인이다. 기준이 되었던 개념이 달라지면 새로운 지식이 출현한다.

융합(融合)에 '합하다'는 뜻이 있어서 그런지 양립할 수 없는 개념을 나열하는 절충(折衷)을 융합으로 오해하기 쉽다. 절충은 '가장' 대립하는 두 개념에서 '제일' 좋은 것만 나열하는 사고방식이다. 개념들의 접목이 융합이 되려면, 무관한 개념처럼 보이는 것들 사이의 관련성을 설명하는 과정이 반드시 필요하다.

반대 개념은 양립할 수 없으므로 충돌과 모순이 발생하기 마련인데, 이를 절충으로 해소하면 문제가 발생한다. 주변에 흔한 절충의 예를 보자. "전통과 현대, 녹색 성장, 서구의 인권과 아시아적 가치, 개인과 전체……" 좋은 말의 나열은 아무런 의미를 발생시키지 않기 때문에 갈등 봉합이 주요 목적일 때 사용된다. 충돌 과정을 없애는 것이다. 절충이 대개 지당하신 말씀, 진부한 표현, 영혼 없는 연설에서 자주 등장하는 이유다.

절충 방식에는 두 가지 공통점이 있다. 하나는 '조화'라는 말이 동반된다는 점, 또 하나는 근대 서구 콤플렉스가 반영된 '식민주의 지식인'의 언어라는 사실이다. 정반대의 개념을 붙여놓으니 말도 안 되고 지식도 생산되지 않고 작동(practice)하지도 않는다. 좋은 것을 둘 다 가졌다는 자기 위로만 남는다. 즉 절충은 현실에서 불가능한 논리이기 때문에 실행력이 없거나, 실행된다면 반사회적 언설이 된다. 조화가 불가능한 일방적 언설인 국가보안법이나 진영 논리가 대표적이다.

물과 기름은 절충될 수도 있고 융합될 수도 있다. 차이는 움직임이다. 물과 기름이 분리된 채 컵에 담겨 있는 상태에서는 아무 일도 일어나지 않지만(절충), 계면활성제(界面/活性劑)를 사용하거나 기름의 입자를 나노 크기(10억분의 1미터) 정도로 줄이면(융합) 마요네즈 같은 제3의 물질을 만들어낼 수 있다.

동도서기의 경우

대립하는 논리의 충돌은 필연적이다. 융합은 충돌을 지향한다. 합치지 말고 충돌 양상을 질문해야 한다.

구한말부터 지금까지 한국 사회를 지배하는 트라우마는 외세가 우리의 운명을 좌우했다는 인식이다. 19세기 말, 서구가 물질문명을 앞세워 침략하자 동아시아 국가들은 "어육(魚肉)의 화(禍)", 즉 "우리는 물고기 신세"라고 표현할 만큼 혼란과 공포에 빠진다. 사람들은 이 사태를 고유의 사상(道)은 지키되 서구의 기술(器)은 받아들인다는 상상으로 도피했다.

한국의 동도서기(東道西器), 중국의 중체서용(中體西用), 일본의 화혼양재(和魂洋才)가 그것이다. 이 같은 사고는 동도, 중체, 화혼이라는 정신이 원래부터 존재한다고 가정하고, 이러한 '정신(道)'만으로는 '물질(器)'을 당해낼 수 없으니 '우리의 정신과 서구의 물질'을 동시에 추구하여 서구보다 더욱(?) 앞서가자는 논리다.

물론 이는 가능하지 않다. 이 모순을 해결하기 위해 로컬의 지배 권력은 '한국적인 것' '전통'을 만든다. "페미니즘과 동성애는 서구에서 유래했다"가 대표적인 주장이다. 나는 묻는다. "그러면, 의회 민주주의나 마르크스주의는 안동 하회마을에서 왔습니까?"

동도서기는 정신과 물질의 이분법을 전제한다. 동도서기는 우리는 물질이 없으므로 정신을 가졌고(東道), 서구는 정신은 없고 물질만 가졌다(西器)는 '망상'이다. 이러한 절충 논리만이 우리의 자존심을 지킬 수 있었다. 내가 아는 한, 한국 현대사를 관통하는 대표적인 절충 논리인 동도서기에 최초로 문제 제기한 지식인은 인류학자 강신표다. 그는 1983년《한국과 미국 : 과거, 현재, 미래》라는 책에서 동도서기가 아니라 동도동기나 서도서기만 가능하다고 말했다.

절충은 순수한 뿌리가 있다는 몰역사적 사고이다. 실제 인간은 모두 혼종적(混種的) 상태를 산다. 서구에서는 '전통과 현대'라는 말을 사용하지 않는다. 근대화를 주도한 서구에서 전통과 현대는 연속되어 있지만, '비(非)서구'에서는 전통과 현대가 외부의 침략으로 단절되었으므로 전통은 우리 것이고 현대(자본주의, 민주주의……)는 서구의 것으로 여긴다. 문제는 그 '남의 것' 없이는 생존할 수 없는 현실이다. 산업혁명 이래 오늘날까지 국제관계, 글로벌 자본주의를 벗어난 인간의 조건은 존재하지 않는다.

융합은 충돌하고 같이 도약하는 과정에서(jumping together) 서로의 차이를 분명히 알고 새로운 사고방식을 모색하는 것이다. 서로의 차이를 알려면 새로 공부해야 한다.

오리지널 돈가스는 없다

우리말과 한글의 차이

공항마다 항공기 탑승 전에 티켓과 신분증을 검사하는 출입구가 둘 있다. 김포공항 국내선에는 '한국인/韓國人/Korean'과 '외국인/外國人/foreigners'으로 적혀 있다. 볼 때마다 흥미롭다. 두 어휘는 적절한 대응 개념이 아니다. 한쪽을 '외국인'으로 표기했으면, 이에 상응하는 표현은 한국인이 아니라 '내국인(우리)'이다.

영어권의 다른 공항에 갔을 때 출입구를 '거주자(residents)'/'방문자(visitors)'로 구분하는 것을 보고 '마음의 평화'를 느낀 적이 있다. 이상적으로 말하면 우리는 지구인으로서 평등하다. 지금 이 순간, 숨 쉬는 공간이 다를 뿐 어디든 이동할 자유가 있다. '내국인과 외국인'보다 '거주자와 방문자'가 훨씬 덜 위압적이다.

거주자와 방문자는 국가의 경계를 넘어선 말이다. 도착한 장소는 특정 '국민'이 아니라 '사람'이 사는 현장이다. 현지에서 주로 사용하는 언어로 소통하면 된다. 제국주의 침략으로 식민 지배를 겪은 나라들은 기존의 자국 언어와 영어, 프랑스어, 에스파냐어 등을 공용어로 쓰는 경우가 많다. 사용자의 상황에 따라 같은 언어도 영국인에겐 '모국어', 한국에서는 '영어(英語)', 영어권에서는 '잉글리시'로 불린다.

그런 의미에서 한글(Hangeul)도 전 세계 수많은 언어 문자 중 하나의 지칭이지, 한글 자체가 우리글/말(이하 우리말)은 아니다. 아마도 외국인 유학생을 유치하기 위해서겠지만 최근 몇몇 대학에서 '국어국문학과' 대신 '한국어문학과'라고 표기하는 것은 바람직하다고 생각한다.

우리말과 한국어는 다른 단어다. 우리말은 '나(우리)가 여기서 사용하는 현지어'다. 한국어는 우리말의 일부일 뿐이다. 한국인이 외국인에게 자주 하는 말, "한국어를 잘하시네요"와 "우리말을 잘하시네요"는 한국어와 우리말의 차이를 보여준다. "한국어를 잘하시네요"가 맞다. '우리말'에서 누가 우리인가? '우리'는 이미 상대방을 배제한 말이다. 또한 칭찬일지라도 타인의 언어 능력을 평가하는 표현도 실례에 속한다.

한글 전용에서 우리말 전용으로

2005년에 '초등학교 3~6학년 교과서에 한자 병기'를 둘러싼 논쟁이 있었다. 당시 국어 교사를 대상으로 강의를 했는데, 나는 한자 병기를 자연스럽게 생각했기에 우리말에서 한자의 위치에 대해 말했다. 하지만 그날 강의는 악몽이었다. '마초 남성'을 대상으로 여성학 강의를 해도 '강사 예우'라는 문화가 있어서인지 수강생들이 졸거나 은연중에 반감을 드러내기는 해도, 현장에서 나를 비난한 이들은 없었다. 하지만 그날 강의에서는 "엘리트주의, 학문 숭배자"라는 비난을 들어야 했다. 한자 병기에 그 정도로 반발이 클지 예상치 못했다.

국어 교사들의 염려는 초등학교 때부터 한자를 병기하면 학생들의 학습량만 늘어나고, 한문 과외가 극성을 부릴 것이라는 '참교육' 논리였다. 그들의 의견에 100퍼센트 동의한다. 다만 나의 강의 요지는 우리말 쓰기와 읽기 그리고 지식 생산에서 한자의 불가피성에 관한 것이었다. 한자는 중국어 외에도 일본어, 한국어, 베트남어의 근간을 이루지만 한자 자체가 각국의 문자는 아니다. 한자를 괄호 안에 병기(倂記)한다고 해서 한글이 손상되지는 않는다.

한글 전용론은 우리말을 적을 때 한자나 영문을 쓰지 않고 한글만 쓰자는 주장이다. 한문 혼용론과 더불어 논쟁의 역사는 길고, 싸움 나기 좋은 주제다. 한글 전용론(專用論)이라는 말 자체가 '한글'에 '전용론'을 더한 말로, 한글 전용이 불가능함을 보여준다.

우리는 매일 인터넷, 버스, 하이브리드, 유비쿼터스, 골프 등 '남의 나라' 말을 사용한다. 영어보다 한자가 더 '골치' 아프다. 우리는 일상적으로 상당히 어려운 한자에 노출되어 있다. 하자(瑕疵), 외설(猥褻), 폄훼(貶毀), 구제역(口蹄疫) 같은 단어는 말할 것도 없고, 들어도 들어도 귀에 들어오지 않는 '위법성 조각 사유(違法性 阻却 事由)' 같은 단어가 수시로 방송에 나온다.

처음부터 한글로 사용하면 문제가 없지만 적절한 한글 표현이 없어서 발음만 한글로 표기하고 한자를 병기하지 않을 경우 무슨 뜻인지 모르는 경우가 허다하다. 믿기 힘들겠지만, 예전에 시사 월간지 〈말〉을 '경마 잡지'로 아는 이들이 적지 않았다. '음란'과 '외설'의 관계도 흥미롭다. 외설은 "맥락에서 벗어난"이라는 뜻이다. 앞서 말한 표기와 달리 '外說'이라는 조어도 가능하다. 음란과는 의미가 다르지만, 성적 표현물에 이야기(맥락)는 없고 '익숙한 장면'만 반복될 때 외설물이라고 한다. 그리고 대부분의 성적 표현물은 남성 성기 중심이라는 점에서 '폭력물'이기도 하다. 이처럼 음란과 외설은 같기도 하고 다르기도 하다. 한편 여성주의가 반대하는 것은 폭력 재현물이지 음란물이 아니라는 점에서 음란, 외설, 폭력은 모두 다른 말이다.

요지는 어떤 언어도 한 가지 요소만으로는 이루어질 수 없다는 얘기다. 말은 계속 만들어진다는 의미에서 사용 중 '오염'은 필연적이고, '외래어' 비난 자체가 외설적이다(맥락 없다). 세종대왕과 집현전 학자들이 창시했다는 한글은 우리말이 아니라 우리말의 일부일 뿐이다. 중국어는 한자를 개조해서 쓰고 있고 (简体), 일본어는 히라가나, 가타가나, 한자라는 이질적인 세 요소로 이루어져 있다. 표현이 다양할 수밖에 없다. 가나(かな)는 한자의 일부를 따온 표음 문자여서, 일본어는 일본식 한자 없이는 성립 불가능하다.

순수한 언어는 없다

나는 이 글에서 한글 전용론을 비판하거나 이에 관해 논쟁할 생각이 전혀 없다. 다만 한글과 우리말을 구별하자는 것이다. 사유는 언어로 이루어진다. 근대 이후 제국주의 침략으로 비서구 사회는 정치·경제뿐 아니라 문화의 식민지였다. 근대화를 주도한 서구가 언어와 사유를 독점적으로 생산해 왔기 때문이다. 게다가 우리는 일본과 서구의 이중 침략으로 인해 오랫동안 중역(重譯)의 시대를 살았다.

양식, 양복, '양공주'까지 양(洋)자가 들어가는 단어는 모두 일제 강점기에 일본이 서양 문물을 받아들이면서 한반도에 들

어온 말이다. 지금 우리가 사용하는 많은 단어와 문장 구조는
일제(日帝)의 산물, 일제(日製)다. '개인, 자유, 권리' 같은 수많
은 근대적 표현은 일본이 서구 문물을 받아들이면서 일본 스스
로 고안(번역)해낸 일본어이다.

한글 전용론은 융합적 사고에서 중요한 이슈이다. 융합(融合)
과 전용(專用)은 단어 자체로도 대비된다. 특히 융합은 한글 전
용이 전제하는, 안과 밖을 구분하는 발상에 문제를 제기한다.
서울·경기 지방의 사투리가 표준어고 그 외는 방언이라는데 이
것은 권력의 임의적 결정, 즉 사회적 산물이지 하늘의 이치가 아
니다. 안과 밖을 구분하는 주체는 누구인가. 스스로 창조주가
되려는 것이다. 조물주 콤플렉스가 "한글만 사용해야 한다"는
사고라면, 메시아 콤플렉스는 "그것을 지키겠다"는 다짐이다.

영어와 한자를 제외한 순수한 우리말은 강조하면서, BTS의
노래로 한글이 퍼져 나가는 것은 반가운 일인가. 순수와 기원,
우리 것, 전통을 강조하는 이들은 상실을 경험한 사람들이다.
피해 의식은 새로움에 대한 수용성, 호기심, 이를 받아들이는
용기라는 융합적 사고 방식을 방해한다.

백욱인의 《변안 사회》에는 '돈가스(とんカツ, 豚カツ)'의 기원
을 추적하는 장면이 나온다. 독일과 오스트리아의 슈니첼, 영
국과 미국의 커틀릿, 일본의 가쓰레쓰를 거쳐 지금 한국의 돈
가스가 되었다. 국정 교과서 세대인 내게 돈가스는 '포크커틀릿

(pork cutlet)'이었다. 중고등학생 시절에 이 단어는 가정(家政) 과목의 단골 시험 문제이기도 했다. 지금은 그렇지 않다. 각 사회에서 돈가스는 소스, 조리법, 먹는 방법, 대중화 정도가 모두 다른 현지 음식일 뿐이다.

누가 더 먼저인지 기원을 찾는 사고방식에서 융합은 불가능하다. 서구 중심의 직선적 시간관에 따라 지식의 가치가 배열되기 때문이다. 대개 비하하는 의미에서 특정 단어에 대해 "정체불명, 국적 불명"이라고 하는데, 정체불명은 모든 언어(문화)의 속성이다.

우리는 있는 곳에 따라 다른 사람이 된다

공간으로 사유하기

부정적이든 긍정적이든 인종, 계급, 젠더를 둘러싼 고정 관념이 있다. 물론 흑인, 여성, 가난한 사람에 대해서는 부정적인 편견이 강하고 대개 '생물학'이 근거로 동원된다. 고정 관념에는 두 가지로 대응이 가능하다. 하나는 진리를 말하는 것이다. 세상 모든 차이는 개인차일 뿐, 집단 전체를 특징지을 수 있는 동일성은 없다. 또 하나는 '현실'임을 인정하고 이를 재해석하는 것이다. 여성은 주차하는 데 시간이 오래 걸린다? 이는 그만큼 주변을 살피는 안전한 운전자라는 의미다.

비슷한 예로 여성은 노동 시장 참여 여부와 관련 없이 '집사람'으로 불리는 경우가 많다. 집사람이라는 말에서 여성은 집인가? 사람인가? 혹은 집에만 있는 사람인가? 남성은 아무리 두문불출해도 집사람으로 불리지 않는다. 이 차이는 성별에 따라 똑같이 집을 나가도 '도를 닦는 출가'와 '위험한 가출'로 구별하는 인식의 연장선상에 있다. 지금은 많이 바뀌었지만 여아는 남아에 비해 '곱게' 키워야 한다며 야외 활동량, 여행, 운전을 통제하는 문화가 있다. '적절한 수동성'이 바람직한 여성성으로 여겨지는 문화는 여성의 공간 지각력에 영향을 끼친다. "지도를 못 보는 여자, 남의 말은 안 듣는 남자"는 본질이 아니라 사회적 환경, 즉 생물학적 적응의 결과이다.

'시간'에서 '공간'으로

문제는 드러난 사실을 어떻게 해석하느냐이다. 데이터를 어떻게 설명할 것인가. 같은 데이터로 다른 결론을 내는 융합적 사고가 필요하다. 융합에 필요한 핵심 요소 중 하나는 다양한 관점이다. 관점에 따라 데이터의 의미가 달라지기 때문이다. 관점은 당파성을 의미하기도 하지만, 본래는 다른 측면에서 생각하기다.

위 이야기는 성차별에 관한 이야기가 아니다. 공간에 대한 인식이 사람에게 적용되고 그로 인해 사회적 억압이 발생하는 과정, 즉. 공간에 대한 사고방식이 사회를 구성하는 예를 다룬 것이다. 공간 개념은 차별과 어떻게 연결되어 있을까. 성별에 따른 공간 지각력은 서구 철학에서 공간을 다루어 온 방식과 직접적인 관계가 있다. 플라톤에서 마르크스에 이르기까지 서구 철학자들 사고의 중심 주제는 시간이었다.

그들은 시간을 중심으로 삼아 세계를 해석했다. '원시 사회—봉건제—자본주의'처럼 문명의 발전에 따라 역사를 서열화하는 것, 역사를 과거의 사건으로 생각하는 것, '세계 최초'가 세계 최고라는 인식, '~의 아버지'라는 말처럼, 시원(始原)을 중요시하는 사고방식이 그것이다. 하지만 이러한 사고는 한 사회의 역사밖에 서술하지 못한다. 세계 200여 개 나라가 동시에 같은 경험을 할 수는 없기 때문이다.

동시대여도 지역마다 삶이 다른데, 하나의 시간을 기준으로 삼아 사유하면 '문명인, 야만인' 같은 구분이 생길 수밖에 없다. 시간 중심 사고는 한 사회(서구)가 기준이 되어 강자 중심의 보편성을 만든다. 나머지 사회는 서구를 따라잡아야 할 역사의 대기실로 간주된다. 타자(the others)를 만들어내려면 단일한 시간 개념이 필수다.

이것이 오늘날 서구의 패권을 이해하는 핵심 구조다. 이때 선점을 경쟁하는 발전주의는 문명의 원동력인 양 위세를 부린다. 자연은 파괴(정복)될 수밖에 없다. 코로나 사태는 더는 견딜 수 없다는 지구의 비명이다.

이제까지 공간 개념은 시간적 진보를 증명하는 도구—'그 시대 위대한 건축물'—였다. 오랜 세월 동안 공간은 시간 개념에 비해 인식론의 주제가 되지 못했다. 공간은 인간과 사회를 설명하는 개념 틀이 아니라 단순한 물체로 대상화되어 그릇(用器), 미지의 세계 등 인간 생활의 결과물로 간주되었다.

아르키메데스는 지렛대로 지구를 들어 올릴 수 있음을 이론적으로 증명했지만, 그 이론은 지구 밖에서만 실현 가능하다. 즉 불가능하다는 얘기다. 아르키메데스의 지렛대는 체현되지 않는 지식을 생산해 온 백인 남성 중심 사고의 전형이다. 《제2의 성》만큼 남성의 초월성 욕망을 날카롭게 비판한 책도 드물 것이다. 보부아르는 노예와 여성은 노동하는 '내재적' 존재로서 열등하고, 지식인 부자 남성은 세상사로부터 벗어난 '초월적'이고 우월한 존재라는 인식을 '만악의 근원'으로 보았다. 이 인식에 따르면 여성은 평생 일상에 매여 사유와 지식 생산의 주체가 될 수 없으며 기껏해야 남성이 상상한 '어머니 대지'가 될 뿐이었다. 문학사에서 거의 모든 비유는 젠더, 몸, 자연, 공간과 관련되는데, 이는 남성의 사유가 투사된 것이다.

프랑스의 마르크스주의 지리학자 앙리 르페브르는 공간 중심의 인식론을 개척한 중요한 인물이다. 그는 소련의 멸망 원인 중 하나로 자본주의와 다를 바 없는 도농 분리, 도시 중심의 국가 운영을 꼽았다. 르페브르는 공간이 인간과 사회를 재생산하는 인간의 사용처(대상, 용기container)를 지칭하는 주요 개념이라고 주장했다. 우리는 모두 공간적 주체다. 어느 공간에 있는가에 따라 우리는 다른 사람이 된다. 여행이 대표적인 경험일 것이다. 우리가 경험하는 대로, 여행을 다녀오거나 다른 공간을 체험하면 다른 인간이 됨을 이론화한 것이다.

집의 크기와 구조에 따라 사람의 가치가 정해지는 시대다. 지금 한국 사회는 부동산 문제를 둘러싸고 극심한 갈등을 겪고 있다. 집이 교환 가치가 된 현실도 기가 막힐 판인데, 최고의 재산 증식 수단이라니. 인간은 공간을 차지하는 주체가 아니다. 우리가 소유와 인권을 분리하는 사회를 지향한다면, 집은 누구에게나 평생 임대 개념의 주거 공간이 되어야 한다. 토지를 임대하고 부를 창출하는 지주(집주인)와 소작농(세입자)의 관계는 공간과 노동을 분리한다. 경자유전(耕者有田), 토지 소유권은 직접 사용하는 사람에게 있어야 한다. 집은 사는 곳이지 소유하는 물건이 아니다.

홈리스에 대한 편견도 공간을 소유해야 시민권을 갖게 되는 자본주의 사회 원리의 산물이다. 홈리스야말로 무소유의 자유인이다. 그들이 원하는 방식대로 운영되는 쉼터가 필요할 뿐이다.

비대면 공간이 없는 상황

코로나 시대 최대 아이러니는 사회적 거리두기를 반드시 실천해야 하지만 '사회'의 대안으로서 공간이 없다는 현실이다.

'집콕'은 누구에게나 가능한 생활이 아니다. 주거가 불안정한 사람, 가정 폭력과 가사 노동으로 집이 지옥인 사람, 종일 보살핌 노동에 지친 사람은 어디로 가야 하는가. 사회적 거리두기는 물리적 거리두기인데, 집에서 물리적 거리두기가 가능한가. 거리두기가 공적인 영역을 기준으로 삼아 설정된 것임을 보여주는 대표적 사례가 바로 양육이다.

특히 도시의 경우 웬만큼 넓은 평수(최소 1인 1실)에, 동거인들과 사이가 좋고, 가사 분업이 잘 되는 가구가 얼마나 되는가. 대부분의 집은 집 자체가 좁고, 세간살이 때문에 더 좁다. 사람들이 빌딩숲을 지나가다 한 번쯤 하는 말이 있다. "세상에 이렇게 건물이 많은데, 내 집 한 칸이 없다니⋯⋯." 코로나 스트레스는 곧 공간 스트레스다.

이 스트레스를 상업화하는 움직임도 빠르다. 집에 머무는 시간이 많다 보니, 인테리어 산업은 호황이고 반려 식물에 대한 관심도 높아졌다. 집과 관련된 텔레비전 프로그램을 보자. 〈구해줘 홈즈〉〈신박한 정리〉〈나 혼자 산다〉〈온 앤 오프〉〈바퀴 달린 집〉〈여름방학〉〈나의 판타집〉〈홈데렐라〉〈삼시 세끼〉〈자연스럽게〉⋯⋯. 다른 집을 경험하는 환상과 욕망의 세계를 보여준다.

'인간은 지구를 정복했다'. 그러나 자기 한몸 누일 공간이 없다. 톨스토이의 짧은 소설 제목대로, '사람은 얼마만큼의 땅이 필요한가'. 지금 우리 사회에 집이 부족한가? 아니면 건설 회사만 넘치는가? 어느 지역에 사느냐, 어느 동(洞)에 사느냐, 몇 평에 사느냐로 내 인격이 규정되던 시대조차 지났다. 코로나 시대에는 소수의 사람을 제외하곤 갈 곳이 없다. 코로나 시대 부동산 문제는 투기, 교육(학군)을 떠나 생존 이슈다.

비대면은 중요하다. 그러나 대면을 피할 공간이 없다. 부동산(不動産), 말 그대로 움직이지 않는 거추장스러운 재산이다. 돈 있는 사람들은 차라리 금을 사는 게 어떨까. 휴대 가능하고 세금도 적고……

태초에 목소리'들'이 있었다

흑서와 백서를 넘어

한마디로 '생각을 하자'는 것이다. 객관성은 없다. 어떤 객관도 결국은 사람이 만든 것이다. 그런 면에서 나는 '흑서'의 제목이 좋았다. '한 번도 경험해보지 못한 나라'. 문재인 정권이 그렇다는 것이 아니다. 우리는 매 순간 한 번도 경험해보지 못한 세상을 산다. 그때마다 생각해야 한다. 한 번도 경험해보지 못한 것을.

제대로 알려지지 않은 좋은 책은 열심히 권하지만, 잘 팔리는 책은 나까지 관심을 보낼 필요가 있나 싶어 언급을 피하는 편이다. 하지만 소위 '조국 흑서'와 '조국 백서'에 대해서는 말하지 않을 수 없다. 객관성이란 무엇인가를 생각할 수 있는 좋은 사례이기 때문이다.

《한번도 경험해보지 못한 나라 — 민주주의는 어떻게 끝장

217

나는가》와 《검찰개혁과 촛불시민 ─ 조국 사태로 본 정치검찰과 언론》. 전자는 흑서라 불리고, 후자는 백서라 불린다. 이 글에서 말하고 싶은 것은 두 권의 '조화'와 그 조화의 바람직하지 않은 효과이다. 즉 이 글은 책 자체에 대한 것이 아니라 객관성 개념을 해체하려는 시도이다. 기존의 '객관성'은 자기 입장과 무관한 중립적, 제 3자적 인식을 의미한다. 당연히 자연과학을 포함한 모든 지식 분야에서 논쟁적인 개념일 수밖에 없다.

일단 백서(白書, White Paper/청서, Blue Paper), 흑서(黑書, Black Paper), 녹서(綠書, Green Paper), '회색 문헌' 같은 기존 개념이 있지만 이 글에서는 낱말 풀이는 생략한다. 내 생각에 백서(白書, white paper)는 인종주의적 표현이다. 거짓 없이 낱낱이 밝히고 보고한다는 의미의 책은 꼭 '흰색'이어야 하나? 흑서는 백서에 대응해서 현행 정책을 비판한 문서나 대외비 문서를 가리킨다. 결국 흑서도 또 다른 진실을 주장하므로, 두 권 모두 지은이의 입장에서는 백서이다. 여기서부터 두 권은 같은 책이 된다. 두 개의 '(조국) 백서'가 밝히고자 하는 바는 지금 한국 사회의 문제가 문재인 정부 일각의 부패 때문인가 아니면 검찰과 보수 언론의 기득권 때문인가를 둘러싼 진실이다.

두 책은 그동안 일어난 사건들에서 무엇이 객관이고, 사실이고, 의도('음모')인가를 두고 논박을 벌인다. 나는 사건들의 진실보다 이를 주장하는 필자와 독자들의 사고방식에 관심이 있다. 객관성은 '객관적인 것'이라고 생각하기 쉽지만, 실제로 객관성은 말하는 사람의 입장에서 자유롭지 못한 오염된 개념이다. 객관성은 사회—말하는 사람, 듣는 사람, 당사자, 여론, 사회적 조건 등—와 맺는 관계에서만 논할 수 있는 문제다.

니시카와 미와 감독의 2006년 작 〈유레루〉(ゆれる, Sway, 흔들리다)는 형제가 연루된 살인 사건을 다룬다. 타케루(오다기리 조 분)는 증언하는 동생이고, 미노루(카가와 데루유키 분)는 혐의자인 형이다. 동생은 형의 살인을 목격했다고 확신해 증언하고 형은 살인자로 수감된다. 이후 동생은 유년기 시절 형과 함께 찍은 비디오테이프를 보면서 시각에 대해 다시 생각하게 된다. 사건 현장인 흔들거리는 다리를 먼 곳에서 '눈으로' 보다가, 실제로 그 다리에 가서 형처럼 서본다. 현장에서 동생은 시끄러운 물소리를 '듣고' 살인이 아니라 단순한 사고사였다는 것을 깨닫는다. 이 작품은 진실을 판단하는 방식으로서 시각과 청각의 차이(위계)에 관해 논쟁하면서, 당사자들의 관계를 고려하지 않고는 성립할 수 없는 객관성에 대해 질문한다.

어떤 객관성도 관계 없이는 성립하지 않는다. 객관성은 태초에 지구 밖에서 떨어진 것이 아니다. "태초에 말씀이 있었다"를 "태초에 관계가 있었다" "태초에 목소리들이 있었다"로 전환해보자. 정의 구현이 어려운 것은 사안마다 각자의 이해관계가 달려 있기 때문이다. 객관적으로 말하면 역설적이게도 정의로운 사람은 복잡한 상황으로부터 자유로운 '방관자'(판관)일 가능성이 많다. 비판은 타인에 관한 행위가 아니라 자신을 현실에 개입시키는 실천이기 때문이다.

객관성은 강자의 주관성

"내가 하면 로맨스 네가 하면 불륜"의 줄임말인 '내로남불'은 객관성 논쟁을 요약한다. 내로남불은 소통을 정지시킨다. 누군가 이 말을 하면 똑같이 말할 수밖에 없거나 할 말을 잃는다. 이 말 자체가 틀렸고, 틀린 비유로 현실을 설명하니 대화가 진행되지 않는다. 일단 세상의 모든 사랑은—영원하지 않을 뿐—로맨스다. 간통죄가 폐지되었으므로 사랑에 불륜은 있을지언정 불법은 없다. 내가 생각하는 불륜은 결혼 제도 밖의 사랑이 아니라 관계에서 비윤리적인 행동을 하는 것이다. 상대를 존중하고, 감정적·경제적으로 착취하지 않으며, 예의 바르게 이별하는 것이 윤리적 사랑이다.

그러므로 "내 사랑은 로맨스고, 네 사랑은 불륜이다"는 무의미한 말이다. 로맨스의 반대는 불륜이 아니다. 이뿐만 아니라 나의 정의에 따르면 상대의 사랑이 불륜이라고 주장하려면 상대가 비윤리적이었음을 증명해야 한다. 남의 사랑을 기존의 통념에 기대어 옹호하거나 비판하는 것은 바람직하지 않다. 객관성 역시 그렇다. 객관성은 유일한 진리를 가정한다. 그러나 시대에 따라, 지역에 따라 객관성은 다르다. 대륙별 시간 차이가 대표적이다. 그러므로 객관성을 주장하려면 객관성이 형성된 과정을 밝혀야 한다.

변하지 않는 객관성은 곧 도그마(dogma, 규범 혹은 독단)가 된다. '객관성은 없다'의 의미는 진짜 없다는 것이 아니라, 우리가 믿는 객관이 특정 맥락에서만 작동하는 유동적 특성을 지닌다는 의미다. 물론 이런 말은 현실에서 통하지 않는다. 강자의 주관성은 객관성으로 간주되지만, 약자의 주관성은 피해 의식이나 지나친 요구로 여겨진다. 동시에 객관성은 우리가 누구든―권력자든 선한 자든 피해자든 약자든―타고난 기득권이 아니다. 하지만 강자의 주관성은 객관성처럼 여겨져서 투쟁해서 쟁취할 필요가 없는 반면 약자의 삶은 그렇지 않아 고달프다. 약자에게 객관성은 쟁취해서 확보해야만 가능한 가치이기 때문이다. 이것이 인생, 사회 운동이다.

객관성 대신 시트콤

융합적 사고는 새로운 앎을 지향하므로 객관성을 주장하기보다 객관성의 의미를 재해석하는 데 관심이 있다. 시대와 장소, 말하는 사람의 위치, 정치적 상황 등 수많은 요소에 따라 객관성의 내용은 다르게 구성된다. 그래서 융합적 사고에서는 객관성보다 '상황적 지식'을 주장한다. 시트콤(situation comedy)에서 강조하는 것이 바로 그 '상황'이다. 시트콤은 거대 서사나 줄거리 전체가 아니라 의도치 않은 상황으로 웃음을 유발한다. 이는 문화적 맥락을 이해할 때만 가능하기 때문에, 외국어를 배울 때 '시트콤을 이해할 정도면 잘하는 것'이라는 얘기가 있는 것이다.

객관성은 중립의 대명사다. 그래서 진리처럼 여겨진다. 그러나 '너의 객관'이 '내겐 폭력'인 경우가 많다. 객관은 스스로 선재(先在)한다고 여겨지지만, 상황적 지식은 지식이 만들어진 조건을 파고든다. 어떤 조건에서 우리의 인식이 만들어졌는가. 그과정을 알아야 사회를 변화시킬 수 있다. 모든 지식은 특정 맥락에서만 의미가 있다. 만사에 적용되는 지식은 없다. 시트콤처럼 어떤 테두리, 상황, 패러다임 안에서만 '웃기는 것이다'. 다른 상황에서 그것을 재연하면 '썰렁한' 이유가 그것이다.

흑서와 백서에서 각자 소명하려는 진실의 근거는 검찰, 언론, 문재인 정부, 진보 세력의 타락 등 하나의 잣대뿐인 것 같다. 이 근거들은 사건의 경중과 의미, 사건의 역사적 배경에 따라 개별적으로 다루어야 한다. 이 과정에서 새로운 앎이 생산된다. 자기만 옳다고 주장하는 '백서'식의 사고는 진실을 밝히기보다는 상대방을 이기겠다는 의지만 드러낼 뿐이다.

우리가 아는 모든 지식은 자신의 입장을 경유한 부분적인 것이다. 진실을 전제하면 부분성, 상황성, 맥락성은 드러날 수 없다. 두 '백서'의 사례 중에는 내가 직간접적으로 경험한 사건도 있고, 무의미하다고 생각하는 일, 무관심한 사건도 있다. 이것은 회색인의 관점이 아니라 나의 이해(利害)와 관련한 사안별 접근이다. 그래서 내 입장에서는 사안마다 설득력이 다르고, 내가 아는 '팩트'와 달랐다. 흑백으로 나누지 말고, 사안별 횡단이 필요하다.

흰색과 검은색은 본디 명도 차이가 커서 조화가 잘된다. 색상 차이가 클수록 조화롭다. 그래서 도로의 위험 경고 표지는 검은색과 조화롭지 않은 노란색을 사용한다. 중학교 미술 시간에 나온다.

문명은 충돌하지 않는다

비교가 고정 관념이 되지 않으려면

삼라만상을 인식하는 첫 번째 원리는 비교이다. 모든 의미는 비교 대상과의 관계(차이)에서 발생하기 때문이다. 다른 말로 하면 차이가 의미를 제한(정의)한다. 궁극적으로 공부는 차이를 어떻게 다룰 것인가의 문제다.

타인과 비교'당하는' 경우, 기분이 좋기도 하고 나쁘기도 하다. 사회적 지위가 높거나 평판이 좋은 사람과 비교될 때와 누구에게나 비호감인 인물과 비교당할 때, 기분은 천지 차이다. 자존감까지 영향을 미친다. 하지만 이 또한 간단한 문제는 아니다. 특정 인물에 대한 사회적 평가가 달라지거나 합의되지 않는 경우가 많기 때문이다. 최근의 예로 빌 게이츠를 들 수 있을까. 그의 결혼 생활 보도 후 "빌 게이츠 같다"는 말은 모호하게 들린다.

한편 비교는 상대방의 말을 강하게 부정하는 명확한 의사 전달법이기도 하다. "네가 간첩이면, 나는 김정일이다"(영화 〈간첩 리철진〉 대사) "네가 우울증이면, 나는 말기 암이다" "○○○가 진보면, 트럼프는 사회주의자" 따위는 일상에서 흔히 오가는 말들이다. 비교가 가장 상처가 되는 경우는 주로 어렸을 때, 부모나 교사가 '나'를 친구들과 비교할 때가 아닐까. '엄친아'의 탄생 배경이다. 비교당하는 경우와 반대로, 자신을 특정한 타인과 '비교하는 경우'는 자기 재현에 속한다. "내 처지가 노숙자와 다를 바 없다" "○○○는 제 인생의 모델입니다"…….

비교의 한자 표기 '比較'나 영어 표현 'measure A against B' 'as against'는 대립과 '반(反)'을 뜻한다. 이는 '반대'라는 의미가 아니다. 우리가 아는 A에는 언제나 다른 세계(B)가 함께한다는 얘기다. 이성애의 정상성은 동성애를 비정상으로 간주했을 때, '남성'은 여성/노인/가난한 사람/장애인 등 지배의 규범에서 배제된 '비(非)남성'을 상정했을 때만 가능하다. '서양'은 고정된 '동양'의 이미지가 필요하다. 백인 우월주의는 유색인종이라는 임의적 설정이 있어야만 가능하다. 이처럼 대개 언어는 위계의 만남이다. 이분법은 A와 B가 아니라 기준으로 삼은 A와 그 외 것들의 관계이기 때문이다.

맥락적 사유는 비교의 핵심

비교의 대상은 시대와 지역에 따라 변화한다. 내가 젠더와 관련해 받는 질문도 지난 20여 년 동안 많이 변했다. 지금처럼 '겉보기에' 남녀 갈등이 격화되기 전에는, 이런 질문을 많이 받았다. "아무리 성차별이 심각해도, 조선 시대에 비하면 여성의 지위가 엄청 나아진 것 아닙니까(이 정도면 됐지…… 뭘 더 요구하는가)."

나는 최대한 공손한 태도로 답했다. "일단 저는 조선 시대의 젠더 관계를 잘 모릅니다. 다만 현대 여성의 지위는 현대 남성의 지위와 비교해야지, 왜 과거 여성의 지위와 비교하나요? 비교 대상 자체가 잘못된 거 아닐까요? 예를 들어 현재 장애인의 지위는 지금 비장애인의 지위와 비교해야지, 조선 시대 장애인의 지위와 비교한다면 장애인은 언제나 과거에 사는 이들인가요?"

그러나 지금 사회는 누가 더 피해자인가를 두고 싸운다. 남성과 여성 모두 분노가 크고 하소연이 끝도 없다. 지금 자신이 조선 시대 여성보다 나아졌다고 만족하는 여성은 없다. 요즘은 남성들이 훨씬 방어적이다. "남성은 군대 가는데 여성은 안 간다. 여자는 가더라도 장교로 간다."며 자신이 구조의 피해자라고 주장한다.

1980년대 말, 동유럽 사회주의 블록이 해체되던 시기 치과의사 중에 여성이 절반이 넘는 동유럽 국가들이 많았다. 이를 두고 한국의 어느 학자가 사회주의 국가의 여성 지위가 한국보다 높다는 의견을 제시한 적이 있는데, 이는 비교의 조건이 생략된 잘못된 비교다. 여성의 지위는 남성과 달리 공적 영역의 역할만으로 측정하기 어려울 뿐 아니라, 결정적으로 당시 동유럽 사회에서 치과 의사는 전문성과 노동량에 비해 임금이 적은 '3D 직업'이었다(그래서 여성이 '차지'하게 된 것이다). 의사는 고도의 전문성과 많은 노동량이 요구되는 직업이지만, 의사의 지위는 사회마다 다르다. 따라서 한국과 다른 사회에서 의사의 의미를 비교하는 것이 먼저다. 그래야만 이에 종사하는 여성의 비율과 여성의 지위 사이의 연관성을 판단할 수 있다.

근대 국민 국가의 '내부 식민지'로서 한국의 제주와 일본의 오키나와를 비교하고 이들의 연대를 다루는 논의가 많은데, 이 역시 먼저 검토해야 할 맥락이 있다. 한국과 일본의 근대화 과정과 미국과의 관계, 제주와 오키나와, 서울과 제주, 동경과 나하(那霸, 오키나와 현청 소재지)의 관계가 모두 다르기 때문이다. 비교하려면 연구 주제를 세밀하고 구체적으로 특정해야 한다. 앎의 경계를 어떻게 설정할지 정하는 것이 비교의 기본이다.

과학의 개념 자체에 대한 논의가 있지만, 일반적으로 자연과학을 더 '과학적'이라고 인식하는 이유는 변수(맥락)를 실험자가 통제한 상태, 즉 똑같은 조건에서 반복 실험이 가능하기 때문이다. 그래도 오류나 돌연 변수가 나올 수 있고 그 변수가 과학 발전의 계기가 될 수도 있다. 하지만 인간과 사회에 관한 연구에서는 똑같은 조건을 설정하는 것이 불가능하다. 오히려 인문사회과학 연구는 변수, 즉 새로운 배경, 상황, 맥락을 드러내기 위한 공부다. 간단히 말해 라면과 갈비를 비교하는 것은 의미가 없다. 상태를 봐야 한다.

비교는 비교 대상의 상태에 관한 공부다. 우리가 알고 싶은 것은 A는 이렇고 B는 이렇다가 아니다. 오히려 그 반대다. 무엇이 둘을 다르게 혹은 같게 보이도록 만드는가에 대한 질문이 필요하다. 그 과정에서 생산된 아이디어를 다른 사회 문제에 적용할 수 있는 창의력이 중요하다. 그래야 사회에 기여할 수 있는 연구, 융합이 된다.

비교 대상 내부 드러내기

'서양은 이렇고 동양은 저렇고, 남성은 이렇고 여성은 저렇다'는 식의 비교가 많은 것은 이러한 비교가 가장 쉽게 설득되는 통념이기 때문이다. 그런 면에서 동서양과 남녀 구분은 가장 먼저 극복해야 할 문제다. 동서양과 젠더 내부의 차이가 크기도 하고, 동/서양, 남/녀 이분법은 오리엔탈리즘의 젠더화처럼 바람직하지 않은 결합을 양산하며 갈등이 필연적인 것처럼 인식하게 한다. 새뮤얼 헌팅턴의 문명 충돌론이나 프랜시스 후쿠야마의 역사의 종말 선언의 논리 구조가 그것이다.

리처드 니스벳의 《생각의 지도》는 동서양을 비교한 대표적인 책이다. 생각도 없고 생각의 지도도 없는, 고정 관념을 나열한 책이다. 나의 질문은 이것이다. "남미는 동양인가요? 아프리카는 서양인가요? 서양은 일부 유럽이고, 동양은 동아시아 왕조를 말하는 듯한데, 각각 내부의 역사와 일상은 동질적이지 않습니다. 계급, 민족, 젠더에 대한 분석 없이 어떻게 동서양 개념이 나올 수 있나요? 그런 구분이 무슨 의미가 있나요? 그리고 '당신이 뭔데' 동서양을 초월한 위치에서 둘을 비교하나요? 당신이 서양인이라는 사실이 이 책에 끼친 영향을 어떻게 생각하십니까?"

융합적 비교는 현재 개념을 당연시하지 않고 그것이 구성된 과정을 추적한다. 에드워드 사이드의 《오리엔탈리즘》은 동서를 구분하기 전에 어떻게 서양의 의지와 욕망이 동양이라는 개념을 만들었는지 분석한다. 디페시 차크라바르티의 《유럽을 지방화하기》는 서울이 중심이 아니라 하나의 지방이듯이, 유럽도 문명사의 원조가 아니라 하나의 지역일 뿐이라고 상대화했다. 오늘날 유럽의 지위는 지적·물리적 폭력으로 만들어진 것이다.

비교는 흔한 담론이다. 그래서 '비교'를 다루는 작업은 중요하다. 기존의 앎을 의심하지 않는 비교는 무의미를 넘어 유해하다. 남성은 군대 가는데 여성은 안 간다. 여자는 가더라도 장교로 간다? 일단 조선 시대 군역(軍役)을 포함해서 역사상 모든 남성이 징집된 경우는 한 번도 없었다. 그때도 '없는 사람'이 대신 갔다. 국민개병제 이후에도 마찬가지다. 비리든 특례든 이유는 다양하다. 보직도 다르다. 남성도 장교 근무를 선택할 수 있다. 현역 복무 기간도 시대에 따라 40개월부터 18개월까지 다양했다. 사회 복무 요원 '조차' 소집 대기만 하다가 결국 면제받기도 한다. 2020년에만 1만 명 이상이 이 제도로 면제받았다. 같은 군대 경험은 없다. 징집 방식을 남녀 비교로 접근하는 경우 최악의 사례다.

어떤 프레임을 택할 것인가

프레임 이동의 정치학

융합은 앎의 화학이다. A와 B를 더했을 때 A+B에서 멈추지 않고 C, D, Z 등이 나오는 것이다. 물론 더하기(다학제, 간학제 등)는 융합의 일부분이다. 더 중요한 것은 A와 B가 무엇이고, 이들은 어떻게 만나는가다. 1+1=2지만 이는 양의 정수일 때만 나오는 해(解)이다. -1과 -1을 더하면 -2가 된다. 더할수록 마이너스다. A와 B가 양의 정수냐 음의 정수냐에 따라 결과는 달라진다.

공부를 잘하는 첫 번째 방법은 기존 지식이 형성된 전제(前提)를 질문하는 것이다. 그러면 답은 '저절로' 나온다. 모든 지식에는 전제(역사)가 있기 때문이다. 여성학 시간 강사로 일할 때 경영학과 학생의 편지를 받은 적이 있다. "경영학은 솔루션에 관한 학문인데, 여성학 수업을 들으면서 해결해야 할 상황의 전제를 생각하게 되었다. 여성학 덕분에 전공 학점이 잘 나와서 감사하다"는 내용이었다. 여성주의를 정확히 이해하고 활용한 경우다. 이처럼 융합은 지식 습득 과정에서 스스로 생각의 지도를 만드는 연습이다.

흔히 "융합은 자기 영역을 튼튼히 한 후에 필요하다"고 말하지만 이는 반만 정당하다. 자기 영역은 전공 개념을 넘어 근본적으로는 가치관을 말한다. 가치 지향 없는 공부야말로 기후 위기, 인간성 위기를 불러오는 재앙이다. 전제, 즉 언어의 한정된 상황을 인식하는 것은 맥락을 알기 위해 필수적이다. 언어의 맥락을 알지 못하면 아무 지식이나 보편과 중립이라는 권력을 얻게 된다. 일반화가 습관이 되면 문제 해결 능력을 잃게 된다. 현실은 각양각색이기 때문이다. 당파성은 지식의 본질적 성격으로, 누가 이익을 보고 손해를 보는가를 결정한다. 아니라면 굳이 융합은 필요 없을 것이다. 융합은 부정의한 현실을 변화시키기 위해 탄생했다.

무엇을 볼 것인가

세상을 한 화면에 담을 수는 없다. 그래서 특히 현실 정치와 선거는 프레임 전쟁이라고 한다. 우리는 프레임, 사고의 틀, 액자화(額子化)를 통해 세상을 본다. 누구의 관점에서 접근할 것인가에 따라 프레임의 범위가 정해진다. 틀에 따라 현실이 취사 선택되고, 무엇이 공동체의 정의를 위한 진짜 중요한 문제인지가 결정된다. 어디에 초점을 맞출 것인가는 인식자의 가치관에 달려 있다. 융합은 프레임 이동의 정치다.

오래전 대통령 선거 운동 도중에 김영삼 후보 선대위 인사들이 지역감정을 조장하는 발언을 한 것을 상대 후보 측이 불법 도청해 폭로한 일이 있었다. 이 사건을 두고 '지역 비하 발언이 문제냐' '발언 도청이 문제냐'로 입장이 나뉘어 논란이 일었는데, 나는 이 사례에서 후자보다 전자를 문제 삼아야 한다고 생각한다. 학문적 논쟁이나 정책 영역에서 이런 예는 수없이 많다. 원전, 국방비, 기본 소득, 돌봄 윤리, 세대 갈등 같은 의제에서 무엇을 볼 것인가에 따라 자원 배분과 해결책이 달라진다. 부수적이거나 무관한 장면이 전면에 등장하는 이유는 두 가지다. 맥거핀(의도)이거나 무지(탈정치) 때문이다.

현실을 선택하는 능력과 안목은 융합적 사고뿐 아니라 개인의 인생에서도 핵심적인 부분이다. 안목은 그 사회의 수준과 개인적 노력, 환경의 총체다. 무엇이 중요하고 바람직하고 아름다운지 혹은 그렇지 않은지 판단력이 없는 사람을 만나서 잘못 엮이면 내 인생도 재앙을 맞는다. 파트너 선택이 가장 흔한 예다. 자기 프레임을 모르는 사람이 오피니언 리더, 고위 관료, 통치자가 되면 역사는 수포로 돌아가고 민생의 고통은 말할 것도 없다.

사회의 운명은 리더뿐만 아니라 구성원들의 안목에 달려 있다. 국민의 뜻을 받들겠다? 아무 의미 없는 말이다. 어떤 통치자도 국민의 뜻을 거스를 수 없다는 의미는 동시에, 통치자가 아무리 능력 있어도 우중(愚衆)을 당해낼 수 없다는 뜻도 된다.

물론 우중의 반대말이 엘리트나 지식인이 아님은 말할 것도 없다. 당대 '신자유주의 지식인의 임무'는 우중을 조직화하는 것이다. 그러니, 안목 있는 이가 대중의 지지를 받기를 기도할 수밖에 없다.

2021년 국회 교육위원회에서 윤석열 전 검찰총장의 부인 김건희 씨의 논문을 두고 여야가 충돌하면서 파행한 적이 있다. 국민의힘 의원들은 여당의 공격에 항의하며 회의 도중 전원 퇴장했다. 아니, 일국의 국회 교육위원회에서 논의할 의제가 대선 후보 부인의 논문인가? 윤석열 씨를 판단하는 잘못된 사고 틀을 극명하게 보여주는 사건이다.

왜 처가를 검증하는가. 나는 이해할 수 없다. 문제로 삼아야 할 의제는 윤석열 씨에게 '스폰서 검사' 같은, 일부 검사들의 전통적인 비리가 있는지다. 이는 개인의 일탈이 아니라 검찰 탄생 후 70여 년 동안 벌어진 구조적 현실이다. 국가가 제공하는 법률 서비스(재판)에서 검찰이 일제 잔재를 그대로 두고 상식을 초과한 권력을 휘두르면서 생긴 비극은 어제오늘의 일이 아니다. 그러나 검찰 개혁은 여야의 잘잘못을 따질 새도 없이 '산으로 갔다'.

안목 없는 여론과 김건희 씨의 '승리'

소송에 얽힌 이들은 원고·피고, 형사·민사 할 것 없이 절박하다. 억울함과 분노, 두려움에 휩싸이게 되는, 돈과 인생이 걸린 일이다. 사람들은 사력을 다해 비싼 변호사를 '사고' 검사나 판사는 갖가지 유혹에 쉽게 노출된다. 더구나 거액의 사기를 당했는데 복구할 방도가 없거나 상대방의 죄질이 나쁘거나("×××에게 걸렸거나"), '판검사가 있는 집안'에 걸렸거나 연줄이 막강한 상대를 만나면 절망적이다.

판결이 법대로 내려지는 게 아니라 어떤 판검사를 만나느냐에 따라 달라진다는 사실을 모르는 사람은 없다. 그런데 상대편이 검사를 다양한 방식으로 매수했다면? 관행, 반(牛)제도화된 구조가 아닌가.

윤석열 씨를 둘러싼 주된 여론을 보자. "사랑하는 부인을 버릴 수 없었던 노무현 대통령과 같다" "연좌제 없어진 지 오래다" "업소 경력은 국모의 자격 미달" "집사람은 술을 못한다, 새벽까지 공부만 하는 사람" "대학의 고질적인 논문 부정의" "해괴망측한 이야기" "가족 리스크는 극복될 것" "부잣집 딸이 왜 그런 데서 일하겠는가" 등 엉뚱한 논의가 오갔다.

이처럼 진보 언론을 포함해 여론은 김건희 씨의 과거와 논문에 초점을 맞추고 있다. 이 중에는 여성 혐오적 인식도 많다. 후보 부인의 전직이나 섹슈얼리티가 왜 문제가 되어야 하는가. 맥락은 완전히 다르지만, 아르헨티나의 역사적 인물 에바 페론도 영부인이 되기까지 삶은 주로 '거리에서' 보냈다.

이제까지 여성주의자들은 사회 구조로서 젠더를 가시화하는 데 주력해 왔다. 여성에 대한 폭력이나 노동 시장의 성차별, 성별 분업이 대표적이다. 그러나 젠더는 동시에 다른 사회적 문제를 은폐하는 데 동원되기도 한다. 김건희 씨 사건의 경우 젠더는 본질적인 문제(검찰 개혁)를 은폐하는 데 효과적으로 작동했다. 더구나 내가 가장 좌절한 점은 김건희 씨가 여성성이라는 자원을 활용한 점을 비판한 페미니스트도 없었고, 이를 문제 삼은 내가 여성주의자들로부터 '여성 혐오'라고 비난을 받은 사실이다. 이는 현재 한국 여성주의의 일면을 보여준다는 의미에서 매우 우려스럽다. 김건희 씨는 억울하다지만, 사실은 그 반대다. 여론은 그를 도왔다. '회원 유지(Yuji)'와 '쥴리'는 비판이든 조롱이든 냉소든 그 자체로 윤 씨를 삭제하고 문제의 성격을 이동시켰다.

나는 김건희 씨의 이력, 전·현직, 논문에 관심이 없다. 내가 궁금한 점은 윤 씨 부부의 탄생이 검찰 제도의 산물인가 여부다. 국회 교육위가 다투는 김건희 씨의 논문 표절 의혹은 이 '진실' 이후의 문제다. 물론 천정환 교수의 지적대로, 오늘날 대학은 구조적·문화적으로 부패해 있다. 이제 한국 대학은 사회 평균보다 민주주의 수준이 낮아졌고, 김건희 씨는 이러한 상황을 잘 활용한 이들 중 하나다.

융합이 왜 융합일까. 융합적 사고가 왜 필요한가? 자본은 융합이 새로운 콘텐츠를 만드는 핵심 방법이라는 사실을 잘 알고 있다. 대학에서 가르치는 사람은 그대로인데 학생을 유치한다고 다양한 학과 이름을 만든다. 나는 우리가 어떤 사회를 지향하고 이를 위해 어떤 실천이 필요한지를 아는 데 융합이 중요한 역할을 한다고 생각한다. 융합에서 가장 중요한 것은 가치관이다. 가치관, 당파성이 문제를 인식하는 범위와 초점을 정한다. 문재인 정부 내내 우리 사회는 검사 한 명이 의제를 장악하고 전 국민을 이리저리 끌고 다녔다. 공동체 구성원의 안목이 부족하면 이런 일이 발생한다.

새로운 언어를 위해서 쓴다

2022년 8월 5일 초판 1쇄 발행
2023년 3월 10일 초판 2쇄 발행

- 지은이 ——————— 정희진
- 펴낸이 ——————— 한예원
- 편집 ———————— 이승희, 윤슬기, 양경아, 김지희, 유가람
- 본문 조판 ———— 성인기획
- 펴낸곳   교양인
  　우04015 서울 마포구 망원로6길 57 3층
  　전화 : 02)2266-2776 팩스 : 02)2266-2771
  　e-mail : gyoyangin@naver.com
  　출판등록 : 2003년 10월 13일 제2003-0060

ISBN 979-11-87064-89-3   04800
ISBN 979-11-87064-43-5   (세트)

* 잘못 만들어진 책은 바꾸어드립니다.
* 값은 뒤표지에 있습니다.